W9-BFU-199

MATAR ES FÁCIL

Agatha Christie

MATAR ES FÁCIL

Traducción de C. Peraire del Molino

Título original: *Murder Is Easy*
Autora: Agatha Christie
Traducción: C. Peraire del Molino
Publicado originalmente por Editorial Molino

© 1939, Agatha Christie Limited.
   a Chorion company. All rights reserved
© de esta edición: 2005, RBA Libros, S.A.
Pérez Galdós, 36 - 08012 Barcelona
rba-libros@rba.es / www.rbalibros.com

Primera edición: octubre 2005

Reservados todos los derechos.
Ninguna parte de esta publicación
puede ser reproducida, almacenada
o transmitida por ningún medio
sin permiso del editor.

REF.: OAFI175 / ISBN: 84-7871-401-4
DEPÓSITO LEGAL: B.33.530-2005
Impreso por Novoprint (Barcelona)

A Rosalind y Susan,
los dos primeros críticos de este libro

GUÍA DEL LECTOR

Relación de los principales personajes que intervienen en esta obra:

ABBOT: abogado de Wychwood.

ANSTRUTHER: tía de Bridget Conway.

BATTLE: inspector de policía de Scotland Yard.

BELL: un vecino del citado pueblo.

BONES, Billy: inspector de policía.

BONNER: agente de policía del pueblo.

CARTER, Harry: tabernero del pueblo de Wychwood.

CARTER, Lucy: bella muchacha, hija del anterior.

CONWAY, Bridget: hermosa joven secretaria de lord Whitfield y prima de Jimmy Lorrimer.

CHURCH: anciana tía de Amy Gibbs.

ELLSWORTHY: propietario de una tienda de antigüedades.

FITZWILLIAM, Luke: joven policía retirado que regresa a Londres. Es el protagonista de esta novela.

GIBBS, Amy: muchacha del servicio.

HARVEY, Jimmy: joven mecánico prometido de la anterior.

HORTON: comandante retirado vecino de Wychwood.

HUMBLEBY, Jessie Rose: esposa del viejo médico y madre de Rose.

HUMBLEBY, John: viejo médico del ya citado pueblo.

HUMBLEBY, Rose: hermosa y excelente muchacha, hija del anterior.

JONES: director de un banco local.

JONES, Hetty: hija del anterior.

LORRIMER, Jimmy: antiguo amigo de Fitzwilliam.

PIERCE: estanquera y madre de Tommy Pierce.

PIERCE, Tommy: travieso y revoltoso hijo de la anterior.

PINKERTON, Lavinia: solterona, vecina de Wychwood y compañera de tren de Luke Fitzwilliam en un viaje que hizo a Londres.

REED, John: agente de policía en el ya citado pueblo.

RIVERS: chófer de lord Whitfield.

THOMAS, Geoffrey: joven e inteligente médico de Wychwood.

WAKE, Alfred: pastor de ese mismo pueblo.

WAYNFLETE, Honoria: solterona de esta localidad, bibliotecaria y ex prometida de lord Whitfield.

WHITFIELD, Lord Gordon: propietario de varios periódicos locales. Hombre acaudalado y prometido de Bridget Conway.

1

UN VIAJERO

¡Inglaterra! ¡Otra vez Inglaterra después de tantos años! ¿Cómo la iba a encontrar?

Luke Fitzwilliam se hizo esta pregunta al descender de la pasarela del barco. La pregunta continuó presente en el fondo de su mente durante toda la espera en el cobertizo de la Aduana. De pronto pasó a un primer plano cuando por fin se sentó en el tren.

Inglaterra de permiso era otra cosa. Mucho dinero para despilfarrar –¡al menos al principio!–, viejos amigos a los que llamar, reuniones con otros camaradas que estaban en casa como él, un ambiente despreocupado del tipo: «¡Bueno, no durará mucho más! ¡Más vale que me divierta! Pronto habrá que regresar».

Pero ahora ya no se trataba de volver. Se habían acabado las noches de un calor infernal, el deslumbrante sol y la belleza de la exuberante vegetación tropical, las veladas solitarias dedicadas a leer y releer los ejemplares atrasados de *The Times*.

Ahora estaba aquí, retirado con honores, con una pensión y algunas pequeñas rentas propias, un caballero ocioso que había vuelto a Inglaterra. ¿Qué iba a hacer consigo mismo?

¡Inglaterra! Inglaterra en un día de junio, con el cielo gris y un viento helado. ¡No tenía nada de acogedora en un día como éste! ¡Y la gente! ¡Cielo santo, la gente! Muchedumbres de gente con la cara gris como el cielo; rostros ansiosos y preocupados. Y había que ver las casas, creciendo por todas partes como hongos. ¡Casuchas abominables! ¡Casuchas repugnantes! ¡Gallineros con pretensiones de grandeza por toda la campiña!

Con un esfuerzo, Luke Fitzwilliam apartó los ojos del paisaje y se dispuso a echar un vistazo a los periódicos que acababa de comprar: *The Times*, el *Daily Clarion* y el *Punch*.

Empezó por el *Daily Clarion*, dedicado enteramente a las carreras de caballos: el Derby de Epsom.

Luke pensó: «Es una lástima que no llegara ayer. No he estado en un Derby desde los diecinueve años».

En el Club había apostado por un caballo y quiso ver lo que el corresponsal del *Clarion* opinaba de su favorito. Comprobó que lo descartaba desdeñosamente con el comentario: «Y en cuanto a *Jujube II*, *Mark's Mile*, *Santony* y *Jerry Boy*, es difícil que lleguen a clasificarse en los primeros lugares. Un probable finalista es...».

Pero Luke no se fijó en el probable finalista. Sus ojos recorrían las apuestas. *Jujube II* aparecía con un modesto 40 a 1.

Miró su reloj. Las cuatro menos cuarto. «Bueno, ahora ya habrá terminado», se dijo. Y deseó haber apostado por *Clarigold*, que era el segundo favorito.

Luego abrió *The Times* para ensimismarse en asuntos más serios, aunque no por mucho tiempo, porque un coronel de aspecto fiero que estaba sentado ante él, acalorado por lo que acababa de leer, quiso hacerle partícipe de su indignación. Pasó una buena media hora antes de que se cansara de repetir lo que pensaba de «esos malditos agitadores comunistas, señor».

Finalmente el coronel se calló y se quedó dormido con la boca abierta. Poco después, el tren disminuyó la marcha y se detuvo. Luke miró por la ventanilla. Se hallaba en una gran estación con muchos andenes, pero desierta. Alcanzó a ver un letrero sobre el quiosco de revistas que decía: «*Resultados del Derby*». Abrió la portezuela, saltó al andén y corrió hasta el puesto de periódicos. Momentos después, contemplaba con una amplia sonrisa las pocas líneas de la edición urgente:

RESULTADOS DEL DERBY

JUJUBE II

MAZEPPA

CLARIGOLD

Luke sonrió satisfecho. ¡Cien libras para malgastar! Bravo por el bueno de *Jujube II*, injustamente despreciado por todos los entendidos. Con una sonrisa en los labios, se volvió para enfrentarse al vacío. Excitado por la victoria de *Jujube II*, no había advertido que el tren salía de la estación.

—¿Dónde diablos se ha metido el tren? —preguntó a un mozo de rostro abúlico.

—¿Qué tren? No ha llegado ninguno desde las 3:14.

—Ahora mismo acaba de llegar uno y yo me he apeado de él. Es el que enlaza con el barco.

—El expreso que enlaza con el barco va directo hasta Londres —replicó el mozo austeramente.

—Pues ha parado —le aseguró Luke—. Yo he bajado de ese tren.

–No para hasta Londres –repitió el mozo impertérrito.

–Se detuvo en este mismo andén y yo me bajé, se lo aseguro.

Enfrentado a los hechos, el mozo cambió de táctica.

–No debió hacerlo –dijo con reprobación–. No para aquí.

–Pues lo hizo.

–Sería por la señal. Esperaría hasta que le dieran paso. No puede llamarse propiamente una «parada». No debería haberse apeado.

–Yo no distingo como usted esos finos matices –dijo Luke–. La cuestión es: ¿qué hago ahora?

El empleado, hombre de ideas lentas, repitió el reproche:

–No debió apearse.

–Bien, lo admito. –Y recitó–: El mal está hecho, dejémonos de lamentaciones. Lo que yo quiero saber es qué me aconseja que haga un hombre de experiencia en el servicio ferroviario.

–¿Me pregunta qué debe hacer?

–Eso precisamente. Supongo que habrá algún tren que pare aquí, que pare oficialmente, quiero decir.

–Déjeme pensar –dijo el mozo–. Lo mejor es que coja el de las 4:25.

–Si el de las 4:25 va a Londres –respondió Luke–, ese es el tren que me conviene.

Tranquilizado al respecto, empezó a pasear por el andén. En una pizarra leyó que se hallaba en Fenny Clayton, estación de enlace con Wychwood-under-Ashe. Al cabo de un rato, un tren de un solo vagón, arrastrado por una anticuada locomotora, entró en la estación para colocarse modestamente en uno de los andenes. Se apearon únicamente seis o siete personas y, después de cruzar un pequeño puente, pasaron al andén de Luke. El mozo taciturno resucitó de pronto y cargó una carretilla con cajas y cestos. Otro empleado se unió al primero y se oyó el tintineo de las lecheras. Fenny Clayton despertó de su letargo.

Por fin, dándose mucha importancia, llegó el tren de Londres. Los vagones de tercera estaban abarrotados. Sólo había tres compartimientos de primera clase, y en cada uno de ellos viajaban uno o varios pasajeros. El primero, para fumadores, estaba ocupado por un caballero de aspecto marcial que fumaba un puro. Luke, que por aquel día ya tenía bastante de coroneles angloindios, se dirigió al siguiente, cuyos ocupantes eran una joven de aspecto cansado, posiblemente una señorita de compañía, y un niñito de unos tres años. Pasó de largo sin perder ni un segundo. La puerta del departamento contiguo estaba abierta y en su interior se hallaba un solo pasajero: una dama de cierta edad. Le recordó vagamente a una de sus tías, tía Mildred, que valientemente le había permitido quedarse con una culebra cuando tenía diez años. Tía Mildred había sido todo lo buena que puede ser una tía. Luke entró en el compartimiento y se sentó.

Tras unos minutos de intensa actividad en la descarga de la leche, maletas y otras zarandajas, el tren se puso lentamente en movimiento. Luke desdobló su periódico para volver a las noticias con la desgana de quien ya ha leído los diarios de la mañana.

No esperaba leer mucho rato. Puesto que era un hombre con varias tías, estaba casi seguro de que su compañera no podría guardar silencio hasta Londres.

Estaba en lo cierto: una ventanilla que no cerraba bien, un paraguas que se cae y la buena señora empezó a contarle las excelencias del tren.

–Sólo tarda una hora y diez minutos. Es magnífico, ya lo creo. Mucho mejor que el de la mañana, que tarda una hora y cuarenta minutos.

Y prosiguió:

–Casi todo el mundo toma el de la mañana. Quiero decir que, si es el día de descuento, es una tontería tomar el tren de la tarde. Yo quise salir esta mañana, pero *Wonky Pooh* se había perdido. Es mi gato persa, una preciosidad, sólo que últimamente ha tenido una oreja enferma, y claro, no me podía ir de casa hasta que lo encontraran.

–Por supuesto –murmuró Luke, que miró ostentosamente su periódico.

Pero no le sirvió de nada, pues ella siguió con la charla.

–Así que me las arreglé como pude y tomé el tren de la tarde, lo que en cierto modo es una ventaja porque no va tan lleno, aunque eso no importa cuando se viaja en primera. Desde luego, es algo que no me permito a menudo. Quiero decir que lo considero un despilfarro, con tantas tasas, rentas minúsculas, el sueldo del servicio que cada vez es más alto y todas esas cosas. Pero la verdad es que estaba tan trastornada porque ¿sabe?, voy a Londres para un asunto muy importante y quería poder pensar con tranquilidad lo que voy a decir, ¿sabe? –Luke reprimió una sonrisa–. Y cuando viajan personas conocidas hay que mostrarse amable. Así que pensé que, por una vez, el gasto estaba perfectamente justificado, aunque yo creo que hoy en día se gasta demasiado y ahora nadie piensa en el futuro. Naturalmente –agregó con presteza, al fijarse en el rostro bronceado de Luke–, los soldados de permiso deben viajar en primera, sobre todo si son oficiales.

Luke sostuvo la inquisitiva mirada de un par de ojos brillantes y capituló. Daba lo mismo ahora que después.

–No soy militar –le dijo.

–¡Oh, cuánto lo siento! No quise decir que... Sólo pensé que... como está tan bronceado... quizá regresaba de Oriente de permiso.

–Vuelvo a casa de Oriente –dijo Luke– pero no de permiso. –Para evitar más explicaciones, añadió con toda claridad–: Soy policía.

–¿Es policía? Eso sí que es interesante. El hijo de una buena amiga mía acaba de ingresar en la policía de Palestina.

–Vengo de Mayang Straits –respondió Luke, tomando otro atajo para abreviar la conversación.

–¡Oh, qué interesante! Realmente es una coincidencia. Me refiero a que viaje en este tren. Porque el asunto que me lleva a la ciudad... Bueno, en realidad voy a Scotland Yard precisamente.

–¿De veras? –preguntó Luke.

Y pensó para sí: «¿Se le acabará pronto la cuerda o seguirá así hasta Londres?». Pero la verdad es que no le importaba. Había querido mucho a su tía Mildred, y recordaba la vez en que le había dado cinco libras en el momento que más falta le hacían. Además, había algo muy acogedor e inglés en señoras mayores como ésta y su tía Mildred. No había nadie como ellas en Mayang Straits. Pueden clasificarse junto con el pastel de ciruelas del día de Navidad, el críquet y los fuegos hogareños con troncos que arden en las chimeneas. Son estas cosas las que se echan de menos cuando no se tienen y se está al otro lado del mundo, y que agobian cuando se tienen en exceso. Pero, como ya hemos dicho, Luke hacía sólo tres o cuatro horas que había llegado a Inglaterra.

–Sí, yo tenía la intención de haber viajado esta mañana, pero luego, como le dije, me trastornó tanto la desaparición de *Wonky Pooh*. ¿Cree usted que será demasiado tarde? Quiero decir si tienen un horario especial de oficina en Scotland Yard.

—No creo que cierren a las cuatro, ni nada parecido —respondió Luke.

—No, claro que no. ¿Cómo iban a hacerlo? Me refiero a que alguien puede necesitar comunicar un crimen a cualquier hora, y entonces ¿cómo iban a cerrar?

—Exacto —dijo Luke.

Durante unos instantes, la anciana permaneció en silencio. Parecía angustiada.

—Soy de la opinión que lo mejor es ir directamente a la fuente principal —dijo al fin—. John Reed es un hombre muy agradable, es el policía de Wychwood, muy atento y sociable. Pero ¿sabe?, no creo que sea una persona capaz de resolver algo serio. Está acostumbrado a tratar con gente que ha bebido demasiado, o que conduce a demasiada velocidad, o que no saca la licencia de sus perros, e incluso con algún ratero. Pero no creo..., estoy segura..., que pueda enfrentarse a un asesinato.

Luke arqueó las cejas.

—¿Asesinato?

La dama asintió con energía.

—Sí, veo que le sorprende. Yo también me sorprendí al principio. No podía creerlo. Pensé que eran imaginaciones mías.

—Y ¿está segura de que no lo son?

—¡Oh, sí! —afirmó con la cabeza—. Pude equivocarme la primera vez, pero no la segunda, ni la tercera, ni la cuarta. Después de tantos asesinatos, una ya sabe lo que puede pensar.

–¿Quiere decir que ha habido varios asesinatos? –preguntó Luke.

La dama respondió sin que su voz se alterase:

–Me temo que unos cuantos. –Y prosiguió– Por eso creo que lo mejor es ir a Scotland Yard directamente y contarlo todo. ¿No cree usted que es lo mejor?

Luke la miró pensativo.

–Sí, creo que tiene razón. –Y continuó para sí: «Allí sabrán cómo tratarla. Seguramente deben llegar allí más de media docena de señoras como ésta por semana, con el cuento de los asesinatos cometidos en sus tranquilos pueblecitos. Deben de tener un departamento especial para estas viejecitas encantadoras».

Y en su mente se le apareció un paternal inspector jefe o un apuesto y joven inspector murmurando con mucho tacto: «Muchas gracias, señora, se lo agradecemos mucho. Ahora vuelva a casa, déjelo todo en nuestras manos y no vuelva a pensar más en este asunto».

Sonrió ante la escena y pensó:

«Me pregunto de dónde sacarán todas esas historias. Deben de estar mortalmente aburridas y sienten el deseo oculto de vivir un melodrama. He oído decir que algunas ancianas creen que todos quieren envenenarlas».

La suave voz de su interlocutora le sacó de sus meditaciones.

–¿Sabe? Recuerdo que leí una vez, creo que era el caso Abercrombie, que el asesino había envenenado a muchas personas sin que nadie sospechara... ¿Qué decía...? Ah, sí. Alguien dijo que miraba de un modo especial a su víctima y, poco después, ésta empezaba a sentirse mal. La verdad es que entonces no lo creí, pero ¡es cierto!

–¿Qué es cierto?

–La mirada de ciertas personas.

Luke la observó. Temblaba ligeramente y sus mejillas habían perdido su tinte rosado.

–La vi por primera vez cuando miró a Amy Gibbs... y ella murió. Luego fue Carter. Y Tommy Pierce. Pero ahora, ayer, le tocó al doctor Humbleby, y él es una persona tan agradable y tan buena... Carter bebía y Tommy Pierce era un chiquillo impertinente y entrometido que maltrataba a los niños menores que él. No me importaron gran cosa. Pero el doctor Humbleby es distinto. Debe ser salvado. Y lo terrible es que si fuera a verle y se lo contara, no querría creerme, se echaría a reír. Y John Reed tampoco. Pero en Scotland Yard será distinto porque, claro, allí están acostumbrados a los crímenes.

Miró por la ventanilla.

–Oh, mire, llegaremos en seguida.

Nerviosa, abrió y cerró su bolso, y recogió el paraguas.

–Gracias, muchísimas gracias –dijo a Luke cuando éste le cogió el paraguas, que se le había caído por segunda vez–. Ha sido un gran alivio hablar con usted. Ha sido muy amable, y celebro que crea que hago lo correcto.

Luke dijo con gentileza:

–Estoy seguro de que en Scotland Yard la aconsejarán convenientemente.

–Le estoy muy agradecida –revolvió en su bolso–. Mi tarjeta. Oh, qué lástima, sólo tengo una y debo guardarla para Scotland Yard.

–Claro, claro.

–Pero mi nombre es Pinkerton.

–Un nombre muy adecuado, miss Pinkerton. El mío es Luke Fitzwilliam –respondió el joven con una sonrisa y, al ver que ella le miraba ansiosa, se apresuró a decir, cuando el tren se detuvo en el andén–: ¿Quiere que le busque un taxi? ¿Tiene usted prisa?

–¡Oh, no, gracias! –miss Pinkerton pareció escandalizarse–. Tomaré el metro hasta Trafalgar Square y bajaré andando por Whitehall.

–Bien, buena suerte –le deseó Luke.

Miss Pinkerton le dio un caluroso apretón de manos.

–Muy amable –murmuró de nuevo–. ¿Sabe? Al principio pensé que no me creería.

Luke tuvo el acierto de enrojecer.

–Bueno –le dijo–. ¡Tantas muertes! Es bastante difícil cometer tantos asesinatos, ¿verdad?

–No, no, muchacho. Se equivoca. Matar es fácil, mientras nadie sospeche de uno. Y, además, el culpable es la última persona de quien se sospecharía.

–Bueno, de todos modos, buena suerte.

Miss Pinkerton desapareció entre la multitud y el joven fue en busca de su equipaje mientras pensaba: «¿Estará algo perturbada? No, no lo creo. Pero posee una imaginación fantástica, eso es todo. Espero que la traten bien. Es una anciana simpática».

2

NECROLÓGICAS

Jimmy Lorrimer era uno de los amigos más antiguos de Luke. De hecho, tan pronto como llegó a Londres, Luke se instaló en su casa. Y salió de parranda con Jimmy la noche de su llegada en busca de un poco de diversión.

A la mañana siguiente, bebía el café de Jimmy con un terrible dolor de cabeza, cuando una pregunta de su amigo se quedó sin respuesta, mientras leía por segunda vez un párrafo insignificante del periódico de la mañana.

–Perdona, Jimmy –le dijo recobrándose con sobresalto.

–¿Qué te interesa tanto? ¿La situación política?

Luke sonrió.

–¡Qué va! No. Es muy extraño. Han atropellado a una anciana que viajaba en el mismo tren en que vine.

–¿Cómo sabes que es la misma?

–Claro que puede ser otra, pero el nombre es el mismo: Pinkerton. Fue derribada y arrollada por un automóvil al cruzar Whitehall. El coche no se detuvo.

–¡Mal asunto!

–Sí, pobrecilla. Lo siento. Me recordaba a mi tía Mildred.

–El que conducía el automóvil lo pagará. Le acusarán de homicidio por imprudencia. Te digo que hoy en día da miedo conducir un coche.

–¿Qué coche tienes ahora?

–Un Ford V-8. Como te decía...

Y la conversación derivó hacia la mecánica.

Jimmy le interrumpió para preguntar:

–¿Qué demonios mascullas?

Luke tarareaba:

–*Fiddle de dee, fiddle de dee, the fly has married the humble bee.*[1]

Se disculpó:

–Es una canción que cantaba cuando era niño. No sé por qué me ha venido a la mente.

Fue una semana más tarde cuando Luke, que leía la primera página del *Times*, exclamó:

–¡Cielos, que me aspen si...!

Jimmy Lorrimer alzó la cabeza.

–¿Qué pasa?

Luke no respondió. Miraba un nombre impreso en la columna de un periódico.

Jimmy repitió la pregunta.

Luke alzó la cabeza y miró a su amigo con una expresión tan peculiar que le desconcertó.

–¿De qué se trata, Luke? Parece como si hubieses visto un fantasma.

Durante un par de minutos, el otro no habló. Dejó el periódico, anduvo hasta la ventana y volvió. Jimmy le miraba cada vez más sorprendido.

Luke se sentó en la silla y se inclinó hacia delante.

1. «*¡Qué simpleza, qué simpleza! La mosca se casó con la zumbona abeja.*» (Canción infantil inglesa.) *(N. del T.)*

–Jimmy, amigo mío, ¿recuerdas lo que te contaba de aquella anciana que viajó conmigo el día que llegué a Inglaterra?

–¿Aquella que dijiste que se parecía a tu tía Mildred y que fue atropellada por un coche?

–Ésa precisamente. Escúchame, Jimmy. La pobre vieja me contó una larga historia, sobre que venía a Scotland Yard para denunciar una serie de asesinatos. En su pueblecito, por lo visto, andaba suelto un asesino que no se andaba con chiquitas: «asesinatos múltiples y por la vía rápida».

–No me dijiste que estuviera loca –contestó Lorrimer.

–Y no creo que lo estuviera.

–¡Oh, vamos, hombre! Asesinatos al por mayor...

Luke intervino impaciente:

–No creí que estuviera perturbada, sino sólo que se dejaba llevar por su imaginación, como sucede con las viejecitas.

–Bueno, supongo que pudo ser así. Pero imagino que probablemente estaría algo trastornada.

–No me importa lo que tú creas, Jimmy. Ahora soy yo el que hablo, ¿entendido?

–Está bien, está bien. Continúa.

–Me lo contó por casualidad y mencionó a una o dos de las víctimas, y luego dijo que lo que le preocupaba era saber quién sería la víctima siguiente.

–¿Sí? –inquirió Jimmy interesado.

–Algunas veces un nombre se te queda en la memoria por alguna razón, aunque sea una tontería. Y ese nombre se grabó en la mía porque lo relacionaba con una nana que me cantaban en mi niñez: *Fiddle de dee, fiddle de dee, the fly has married the humble bee.*

–Muy académico, no te lo niego, pero ¿a qué viene?

–Viene, mi querido amigo, a que el nombre de la víctima era Humbleby, doctor Humbleby. Mi viejecita me dijo que el siguiente sería el doctor Humbleby, y estaba angustiada porque era «muy buena persona». Ese nombre se me quedó grabado a causa de la susodicha canción.

–¿Y bien? –quiso saber Jimmy.

–Mira esto.

Luke le tendió el periódico, señalándole con el dedo una esquela en la sección de necrológicas.

HUMBLEBY: El día 12 de junio falleció repentinamente en su residencia de Sandgate, en Wychwood-under-Ashe, John Edward Humbleby (médico), amante esposo de Jessie Rose Humbleby. El funeral se celebrará el viernes. No envíen flores.

–¿Lo ves, Jimmy? Ése es el nombre del médico y del pueblo. ¿Qué deduces de todo esto?

Jimmy tardó unos momentos en contestar y, finalmente, respondió con voz grave y un tanto insegura:

–Supongo que es sólo una coincidencia.

–¿Lo crees, Jimmy? ¿Tantas?

Luke empezó a pasear de nuevo.

–Y ¿qué va a ser si no? –insistió Jimmy.

Luke se volvió en redondo.

–¡Supón que todo lo que me dijo la anciana fuese cierto! ¡Supón que esa fantástica historia sea la pura verdad.

–¡Oh, vamos, vamos, muchacho! Sería un poco difícil de creer. Esas cosas no suceden en la realidad.

–¿Y qué me dices del caso Abercrombie? ¿Quién habría podido imaginar que hubiera cometido tantos crímenes?

–Más de los que descubrieron –respondió Jimmy–. Un amigo mío tiene un primo que era el médico forense local, y me contó muchas cosas. Pillaron a Abercrombie porque había envenenado al veterinario con arsénico, luego desenterraron a su esposa, que tenía arsénico hasta en las orejas, y es casi seguro que su cuñado murió de lo mismo. Y eso no fue todo. Mi amigo me dijo que extraoficialmente se decía que había liquidado a unas quince personas. ¡Quince!

–Exacto. Por lo tanto, esas cosas suceden.

–Sí, pero no tan a menudo.

–¿Cómo lo sabes? Puede que ocurran más a menudo de lo que crees.

–¡Habla el agente de la ley! ¿No puedes olvidarte de que eres un policía y recordar que estás retirado?

–Cuando se ha sido policía, se sigue siéndolo siempre –contestó Luke–. Ahora escucha, Jimmy: suponiendo que, antes de que Abercrombie hubiese cometido la equivocación de realizar sus crímenes ante las narices de la policía, una anciana charlatana hubiera ido a contárselo a las autoridades, ¿crees que la habrían escuchado?

Jimmy sonrió.

–¡Ni pensarlo!

–¿Lo ves? Habrían dicho que tenía la cabeza llena de pájaros. Lo mismo que tú dijiste. O «demasiada imaginación», como dije yo. Y los dos nos habríamos equivocado, Jimmy.

Lorrimer meditó unos segundos y luego dijo:

–¿Cuál es, en tu opinión, la situación exacta?

Luke respondió despacio:

–El caso es el siguiente. Me cuentan una historia poco probable, pero no imposible. Una prueba evidente la muerte del doctor Humbleby. Existe otro factor importante. Miss

Pinkerton se dirigía a Scotland Yard a contar su historia. Pero no llegó hasta allí. Murió atropellada por un coche que no se detuvo.

–Tú ignoras si llegó –objetó Jimmy–. Puede ser que la matasen después y no antes de su visita.

–Puede ser, aunque no lo creo.

–Eso son meras suposiciones. Lo que pasa es que tú crees en este melodrama.

Luke alzó la cabeza con violencia.

–No. Yo no digo eso. Lo que digo es que es un caso que debería investigarse.

–En otras palabras: irás a Scotland Yard.

–No, no he llegado hasta ese extremo aún. Como dices, la muerte de ese Humbleby puede ser una coincidencia.

–Entonces, ¿puedo preguntarte qué piensas hacer?

–Ir a ese pueblo a ver qué pasa.

–¿Así que eso es lo que pretendes?

–¿No estás de acuerdo conmigo en que es lo único sensato que se puede hacer?

Jimmy le miró antes de decir:

–¿Te tomas en serio este asunto, Luke?

–Absolutamente en serio.

–¿Y si todo esto fuera agua de borrajas?

–Sería lo mejor que podría suceder.

–Sí, claro. –Jimmy frunció el entrecejo–. Pero tú no crees que lo sea, ¿verdad?

–Mi querido amigo, trato de ver las cosas objetivamente.

Jimmy no habló durante un rato. Luego quiso saber:

–¿Tienes algún plan? Me refiero a que tendrás que alegar alguna razón para presentarte en ese pueblo tan de improviso.

–Sí, supongo que sí.

–Nada de «suponer». ¿No te das cuenta de lo que es un pueblo? ¡Todo el mundo se conoce!

–Tendré que adoptar otra personalidad –dijo Luke con una sonrisa–. ¿Qué me sugieres? ¿Artista? Es difícil, no sé dibujar y mucho menos pintar.

–Puedes ser un artista moderno –sugirió Jimmy–. Así no importará.

–¿Y un novelista? Los novelistas van a otras comarcas para escribir. Puede que sí. Quizá serviría un pescador, pero tendría que saber si pasa un río por allí cerca. ¿Y un inválido que tuviera que hacer reposo? No, no doy el tipo y, además, todo el mundo va a una residencia. Podría estar buscando una casa en aquellos parajes... No, tampoco me convence. Que me aspen, Jimmy. Tiene que haber alguna razón plausible para que un forastero visite un pueblecito.

–Espera un segundo –dijo Jimmy–. Dame el periódico.

Volvió a leer la esquela y anunció triunfalmente:

–¡Me lo imaginaba! Luke, muchacho, te lo diré en pocas palabras. Te lo puedo arreglar a las mil maravillas. ¡Y en un abrir y cerrar de ojos!

Luke se volvió.

–¿Qué?

–¡Ya decía yo que me sonaba! –continuó Jimmy–. ¡Claro, Wychwood-under-Ashe! ¡El mismísimo lugar!

–¿Por alguna casualidad tienes algún amigo que conozca al forense del pueblo?

–No. Mucho mejor que eso, muchacho. Ya sabes que la naturaleza me ha dotado de gran cantidad de tías y primos. Mi padre tuvo trece hermanos. Ahora escucha esto: ¡Tengo un pariente en Wychwood-under-Ashe!

–¡Jimmy, eres maravilloso!

–No está mal, ¿verdad? –dijo Jimmy con tono de modestia.

–Cuéntame quién es él.

–No es «él», es una prima. Se llama Bridget Conway. Durante estos dos últimos años ha sido la secretaria de lord Whitfield.

–¿El propietario de aquel asqueroso tabloide dominical?

–Eso es. ¡Un tipejo poco agradable! ¡Un fatuo! Ha nacido en Wychwood-under-Ashe y, siendo como es de esa clase de esnobs que hablan hasta por los codos de su nacimiento, su linaje y las glorias de hacerse a sí mismo, volvió a su pueblo natal y compró la única casa grande de la vecindad –a propósito, había pertenecido a la familia de Bridget– y está muy ocupado convirtiéndola en una finca modelo.

–¿Y tu prima es su secretaria?

–Lo fue –dijo Jimmy– pero ahora ha ascendido. ¡Es su prometida!

–¡Oh! –respondió Luke bastante sorprendido.

–Es un buen partido. Nada en la abundancia. Bridget tuvo un desengaño amoroso con un tipo y ya no piensa en cuestiones románticas. Creo que les irá bastante bien. Ella lo tratará con firmeza y él acabará comiendo en la palma de su mano.

–¿Y cuándo entro yo en escena?

–Tú vas allí y te instalas –replicó Jimmy en el acto–. Puedes ser otro de nuestros primos. Bridget tiene tantos que uno más o menos no importa. Yo me pondré de acuerdo con ella. Siempre hemos sido buenos amigos. Y en cuanto a la razón de tu estancia: la brujería, muchacho.

–¿Brujería?

–Folclore, supersticiones locales y todas esas cosas.

Wychwood-under-Ashe es popular por ello. Uno de los últimos sitios en que se celebraban aquelarres sabáticos. Allí todavía quemaban brujas en el siglo pasado y todas esas tradiciones. Tú estás escribiendo un libro, ¿comprendes?, comparando las costumbres de Mayang Straits y el viejo folclore inglés, sus puntos de contacto, etcétera. Ya sabes de qué va. Te paseas por todo el pueblo con un librito de notas en la mano y te dedicas a interrogar a los habitantes más ancianos sobre las costumbres y tradiciones. Ya están acostumbrados y, al estar en Ashe Manor, te abrirán las puertas.

–Y ¿qué opinará lord Whitfield?

–Pues nada. Es completamente analfabeto y crédulo: cree lo que publica en sus periódicos. De todas formas, Bridget le convencerá. Es una buena chica. Respondo por ella.

–Jimmy, me lo pones muy fácil. Eres maravilloso. Si de veras puedes arreglarlo todo con tu prima...

–Todo saldrá bien. Déjame a mí.

–Nunca podré pagártelo.

–Todo lo que te pido es que, ya que vas a la caza de un asesino, me lo comuniques cuando lo cojas –respondió Jimmy, y añadió–: ¿En qué piensas?

Luke respondió lentamente:

–En algo que dijo aquella mujer. Le dije que era duro de tragar que pudieran cometerse tantas muertes impunemente y me contestó que estaba equivocado, que matar era muy fácil –se detuvo y finalmente concluyó–: ¿Será cierto, Jimmy? Quisiera saber si...

–¿Si qué?

–Si matar es fácil.

3

UNA BRUJA SIN ESCOBA

El sol brillaba cuando Luke llegó a lo alto del cerro y vio el pequeño pueblo de Wychwood-under-Ashe. Frenó el coche de segunda mano que había comprado hacía poco y apagó el motor.

Era un día de verano soleado y caluroso. Abajo estaba el pueblo, curiosamente ajeno a los últimos acontecimientos. Yacía pacífico e inocente bajo los rayos del sol. Las casas se extendían a ambos lados de una larga y sinuosa calle dominada por las crestas de Ashe Ridge.

Parecía remoto e intacto. Luke pensó: «Probablemente estoy loco. Es todo tan fantástico...».

¿Había ido allí a detener a un asesino sólo por la charlatanería de una anciana y una esquela mortuoria?

Meneó la cabeza.

«Seguro que esas cosas no ocurren –murmuró–, ¿o sí? Luke, muchacho, debes averiguar si eres el más tonto de los crédulos o si tu nariz de policía ha olfateado el rastro correcto.»

Puso el motor en marcha y condujo con cuidado por la zigzagueante carretera que se unía a la calle principal.

Wychwood consistía, como ya se ha dicho, sólo en esa calle. En ella había tiendas, bonitas casitas georgianas y aristocráticas de escalones limpios y aldabones relucientes, y también villas pintorescas con sus jardines llenos de flores.

Tenía una posada, Cascabeles y Arlequín. Había un prado y un estanque con patos y, presidiendo todo esto, una gran mansión georgiana que Luke tomó por su destino: Ashe Manor, pero al aproximarse pudo apreciar un gran letrero que decía: «Museo y Biblioteca». Un poco más allá se alzaba un anacronismo, un gran edificio moderno de color blanco, austero e irrelevante con el alegre desorden del resto del lugar. Era el instituto y el club de los muchachos.

Fue allí donde se detuvo para preguntar el camino que debía seguir.

Le dijeron que Ashe Manor estaba a media milla; vería la verja a la derecha.

Luke prosiguió su camino. Encontró las verjas con facilidad. Éstas eran nuevas y de hierro forjado. Al pasar a través de ellas, distinguió el edificio de ladrillo entre los árboles, y al volver el último recodo del camino quedó estupefacto ante aquella masa, semejante a un castillo, que le daba la bienvenida.

Mientras contemplaba aquella visión de pesadilla, el sol se ocultó. De pronto se percató de la amenazadora presencia de Ashe Manor. Una ráfaga de viento sacudió las hojas de los árboles y en aquel momento una muchacha hizo su aparición por una de las esquinas de la mansión.

El viento agitaba su pelo negro y a Luke le recordó un cuadro de Nevinson, *La bruja*. El rostro alargado y fino, y los flotantes cabellos negros señalando hacia las estrellas. La veía volando sobre una escoba hacia la luna.

Ella fue directamente hacia él.

—Usted debe ser Luke Fitzwilliam. Soy Bridget Conway.

Estrechó la mano que le tendía y la vio como era en realidad y no en un súbito rapto de imaginación. Alta, esbelta, de rostro alargado y delicado, en el que se marcaban ligeramente los pómulos, cejas irónicas y oscuras como los ojos y el pelo. Era un delicioso aguafuerte vivaz y hermoso.

Durante su viaje de regreso a Inglaterra, llevaba en su mente la imagen de una muchacha sonrosada y tostada por el sol, que acariciaba el cuello de un caballo, inclinada para recortar un seto o sentada con las manos extendidas hacia el fuego de la chimenea. Había sido una visión encantadora.

Ahora no sabía si le gustaba o no Bridget Conway, pero ante su presencia la imagen se desvanecía tornándose ñoña y sin sentido.

—¿Cómo está? —respondió—. Debo pedirle disculpas por invadir su casa de esta manera. Jimmy me dijo que no la molestaría.

—Oh, claro que no. Estamos encantados. —Y sonrió con una sonrisa súbita que llevó las comisuras de su boca generosa hasta la mitad de las mejillas—. Jimmy y yo siempre nos hemos llevado bien. Si está escribiendo un libro, no ha podido usted encontrar un sitio mejor. Está lleno de leyendas y lugares pintorescos.

—¡Espléndido! —respondió Luke.

Caminaron juntos hacia la casa. Luke la observó de nuevo descubriendo trazos sobrios del estilo reina Ana, recubiertos y suavizados con florida magnificencia. Recordó que Jimmy había dicho que aquella casa había pertenecido a la familia de Bridget. Entonces no debía estar tan adornada, pensó al ver el perfil y las manos largas y bellas de la joven.

Debía tener unos veintiocho o veintinueve años. Y era inteligente, una de esas personas de quien no se sabe absolutamente nada hasta que ellas lo juzgan oportuno.

El interior de la casa era confortable y de buen gusto, el gusto de un decorador de primera categoría. Bridget Conway le condujo hasta una habitación con librerías y cómodos butacones donde se hallaban dos personas sentadas ante una mesa de té.

–Gordon, éste es Luke, el primo de un primo mío –dijo ella.

Lord Whitfield era un hombre de corta estatura, bastante calvo, y con la cara redonda e ingenua, de ojos saltones y labios gruesos. Iba vestido como un campesino y con desaliño, lo que no le sentaba bien, pues tenía bastante tripa.

Recibió a Luke con amabilidad.

–Celebro conocerlo. He oído decir que acaba de llegar de Oriente. Es un lugar interesante. Bridget me dijo que va a escribir un libro. Dicen que se escriben demasiados, pero yo no opino así: siempre hay lugar para un buen libro.

–Mi tía, Mrs. Anstruther –le presentó Bridget.

Y Luke estrechó la mano de una mujer de mediana edad con una boca graciosa.

Mrs. Anstruther, como Luke averiguó muy pronto, era muy aficionada a la jardinería. No sabía hablar de otra cosa y se preocupaba solamente por encontrar el sitio más idóneo para sus plantas.

Tras corresponder a la presentación, siguió con su charla.

–Gordon, ya sabes que el mejor sitio para plantar flores entre las rocas es detrás de la rosaleda. Y también podrías tener un maravilloso jardín acuático ahí en el arroyo.

Lord Whitfield se acomodó mejor en su butaca.

–Arregladlo todo entre Bridget y tú –le dijo en un tono despreocupado–. Yo creo que esas plantas de rocalla son muy insignificantes, pero eso no importa.

–Las plantas de rocalla no son suficientes para ti, Gordon –comentó Bridget.

Sirvió una taza de té a Luke y luego lord Whitfield habló plácidamente:

–Es cierto, considero que no valen el dinero que pagas por ellas. Son unas pequeñeces que apenas se ven. Me gusta más un buen invernadero lleno de flores o algunos arriates de geranios rojos.

Mrs. Anstruther, que poseía el don *par excelence* de seguir con su tema sin que le distrajeran los comentarios de los demás, continuó:

–Yo creo que las jaras crecerán muy bien en este clima. –A continuación, se enfrascó en la lectura de unos catálogos.

Lord Whitfield probó el té, se apoyó en el respaldo del sillón y estudió detenidamente a Luke sin reparos.

–Así que es escritor –murmuró.

Luke se sintió algo nervioso, y se disponía a dar explicaciones cuando comprendió que no era eso lo que el lord buscaba.

–He pensado muchas veces –añadió el caballero– que me gustaría escribir un libro.

–¿Sí? –respondió Luke.

–Le advierto que podría, y que por cierto sería muy interesante. Me he cruzado con personas muy importantes. La dificultad estriba en que no he tenido tiempo. Soy un hombre muy ocupado.

–Desde luego debe de serlo.

–No se imagina la carga que pesa sobre mis espaldas –dijo lord Whitfield–. Me intereso personalmente por todas nuestras publicaciones. Me considero responsable de la formación de la mentalidad del público. La semana que viene, millones de seres pensarán y sentirán exactamente tal y como yo he querido que piensen y sientan. Es una cosa seria y de mucha responsabilidad. A mí la responsabilidad ni me asusta ni la temo. Puedo afrontarla.

Lord Whitfield sacó pecho, procuró encoger la barriga y miró a Luke con simpatía.

–Eres un gran hombre, Gordon –Bridget habló con ligereza–. Toma un poco más de té.

–Soy un gran hombre –respondió simplemente–. No, no quiero más té. –Luego, tras descender de sus alturas olímpicas hasta el nivel de los mortales, preguntó a su huésped– ¿Conoce a alguien de esta parte del globo?

Luke meneó la cabeza. Entonces, llevado por un impulso y considerando que cuanto antes empezara su trabajo mejor, replicó:

–Pero vive aquí una persona a la que he prometido visitar, el amigo de un amigo. Se llama Humbleby. Es médico.

–¡Oh! –Lord Whitfield se irguió en su butaca–. ¿El doctor Humbleby? ¡Qué lástima!

–¿Por qué es una lástima?

–Murió hace una semana –dijo el lord.

–¡Dios mío! –respondió Luke–. ¡Cuánto lo siento!

–No creo que le hubiese resultado simpático –dijo lord Whitfield–. Era un estúpido, obstinado y dañino.

–Lo que significa –intervino Bridget– que no estaba de acuerdo con Gordon.

–Por la cuestión de los depósitos de agua –dijo lord Whitfield–. Le aseguro que soy un hombre entregado por entero a la comunidad. Me tomo muy en serio el bienestar de este pueblo. Yo nací aquí. Sí, en este pueblo.

Mortificado, Luke se percató de que se habían desviado del tema del doctor Humbleby para volver al de lord Whitfield.

–No me avergüenzo de ello, ni me importa que se sepa –proseguía el caballero–. No tuve ninguna de sus ventajas naturales. Mi padre tenía una zapatería. Sí, una vulgar zapatería, y yo despachaba en esa tienda cuando era joven. Yo me hice con mi propio esfuerzo, Fitzwilliam, y me propuse salir de la rutina y lo conseguí. La perseverancia, el trabajo duro y la ayuda de Dios lo hicieron. Esas cosas han hecho de mí lo que soy en la actualidad.

Y lord Whitfield se extendió en detalles y más detalles de su carrera en honor de Luke, hasta concluir:

–Aquí me tiene, y todo el mundo sabe cómo he llegado hasta aquí. No me avergüenzo de mis comienzos, no señor, y he vuelto a mi pueblo natal. ¿Sabe lo que han construido en lo que fue la tienda de mi padre? Pues un hermoso edificio construido y pagado por mí para el instituto y el club de los muchachos diseñado según el último grito. ¡Contraté al mejor arquitecto del país! Debo confesar que hizo un trabajo muy sencillo. Parece una prisión o una fábrica, pero dicen que está bien, así que supongo que debe de estarlo.

–Alégrate –dijo Bridget–. ¡Esta casa la has hecho a tu gusto!

Lord Whitfield se rió complacido.

–Sí, quisieron llevarme la contraria y continuar el estilo primitivo del edificio. Pero yo les dije: «¡Voy a vivir en esta casa y quiero que sea algo digno de mi posición!». Cuando un arquitecto no hacía lo que yo quería, buscaba otro. El último interpretó mis deseos a las mil maravillas.

–Hizo realidad tu pésimo gusto –dijo Bridget.

–Ella quería que la dejase tal como estaba –le acarició una mano–. No hay que vivir en el pasado, querida. ¡Esos antiguos no sabían nada! Yo no quería una casa sencilla. Siempre soñé con un castillo y, por tanto, di *carte blanche* a un buen decorador para el interior. Y debo confesar que no lo hicieron del todo mal, aunque algunas cosas son un poco grises.

–Bueno –intervino Luke un tanto cortado–, es estupendo saber lo que se quiere.

–Y acostumbro a conseguirlo –dijo el otro riendo.

–Aunque por poco no lo consigues cuando lo del problema del agua –le recordó Bridget.

–¡Oh, eso! Humbleby era un estúpido. Esos hombres mayores tienen tendencia a ser muy testarudos. No atienden a razones.

–El doctor Humbleby era un hombre que no se callaba nada, ¿verdad? –Luke se aventuró a decir–. Y supongo que por eso tendría muchos enemigos.

–No, yo no diría eso –refunfuñó lord Whitfield, que se frotó la nariz–. ¿No es así, Bridget?

–Era muy popular –dijo Bridget–. Sólo lo vi una vez que me torcí un tobillo, pero me pareció muy agradable.

–Sí, era muy popular entre todo el mundo –admitió Gordon–. Aunque yo sé de dos personas que no lo podían ver, también por su testarudez.

–¿Viven aquí esas personas?

Lord Whitfield asintió.

—Hay muchos feudos y camarillas en un sitio como éste.

—Me lo imagino —respondió Luke sin saber cómo proseguir—. ¿Qué clase de gente vive aquí principalmente?

Era una pregunta un poco tonta, pero obtuvo una respuesta inmediata.

—La mayoría viudas —dijo Bridget—. Hijas de pastores, hermanas y esposas. Unas seis mujeres por cada hombre.

—¿Pero hay algunos hombres? —aventuró Luke.

—Oh, sí, Mr. Abbot, el procurador, el joven doctor Thomas, colega del doctor Humbleby, Mr. Wake, el párroco y... ¿quién más, Gordon? ¡Ah! Mr. Ellsworthy, el dueño de la tienda de antigüedades y que es tan... tan encantador. Y el comandante Horton y sus perros bulldogs.

—Hay alguien más que mencionaron mis amigos —dijo Luke—. Dijeron que era una anciana muy simpática que charlaba por los codos.

Bridget se echó a reír.

—Ésa es la descripción de la mitad de los habitantes de este pueblo.

—¿Cuál era su nombre? Ya me acuerdo: Pinkerton.

Lord Whitfield dijo con una risotada:

—La verdad es que no tiene usted suerte. También ha fallecido. La atropellaron el otro día en Londres.

—Al parecer hay muchas muertes por aquí —dijo Luke.

—En absoluto —rechazó en el acto lord Whitfield—. Éste es uno de los lugares más saludables de Inglaterra. Los accidentes no cuentan. Pueden sucederle a cualquiera.

—A decir verdad, Gordon —dijo Bridget pensativa—, hemos tenido muchas muertes este último año. Siempre estamos asistiendo a funerales.

—¡Qué tontería, querida!

—¿La muerte del doctor Humbleby también fue un accidente? –preguntó Luke.

Lord Whitfield negó con la cabeza.

—¡Oh, no! Murió de septicemia como corresponde a un médico. Se hizo un rasguño en el dedo con un clavo oxidado, no le dio importancia y se le infectó. Falleció a los tres días.

—Sí, los médicos acostumbran ser así –opinó Bridget–. Y claro, están muy expuestos a una infección si no toman las debidas precauciones. Fue una lástima. Su esposa está destrozada.

—De nada sirve rebelarse contra la Providencia –sentenció lord Whitfield tan tranquilo.

«Pero, ¿fue voluntad de la Providencia? –Luke se hizo esta pregunta mientras se vestía para la cena–. ¿Septicemia? Podría ser. Aunque, de todos modos, fue una muerte muy repentina.»

Y en su mente volvieron a sonar las palabras de Bridget:

«Han ocurrido muchas muertes en el último año».

4

LUKE EMPIEZA SU TAREA

Luke había preparado su plan de campaña con sumo cuidado y se dispuso a ponerlo en práctica sin más demora cuando bajó a desayunar a la mañana siguiente.

La tía jardinera brillaba por su ausencia, pero lord Whitfield tomaba un plato de riñones y una taza de café, y Bridget Conway, que ya había terminado, se hallaba de pie junto a la ventana.

Después de intercambiar los «buenos días» de rigor, y una vez sentado ante un abundante plato de huevos con jamón, les habló del siguiente modo:

—He de comenzar mi trabajo. Lo difícil es hacer hablar a la gente... Ya saben a quién me refiero. No a las personas como usted y Bridget. —Evitó por los pelos decir miss Conway—. Ustedes me dicen lo que saben, pero el caso es que ignoran que lo que yo deseo saber son las supersticiones de este lugar. No me creerían si les contase la cantidad de supersticiones que existen en algunas partes del mundo. Por ejemplo, en el pueblecito de Devonshire, el pastor tuvo que retirar unos menhires que se encontraban junto a la iglesia porque la gente seguía dando vueltas a su alrededor cada vez que alguien moría. Es extraordinario cómo persisten algunos viejos ritos paganos.

–Creo que tiene usted razón –respondió lord Whitfield–. Lo que la gente necesita es educación. ¿Le dije que he fundado una biblioteca en esta localidad? Era una vieja casa feudal, la vendían por una baratija, y ahora es una de las mejores bibliotecas...

Luke intentó evitar con firmeza que la conversación girara en torno a las actividades de lord Whitfield.

–¡Espléndido! –dijo de corazón–. Buen trabajo. Veo que ha comprendido la ignorancia en que viven aquí. Claro que, desde mi punto de vista, es eso lo que quiero: viejas costumbres, comentarios de las viejas y referencias de los antiguos ritos, tales como...

Y en este punto les repitió, casi al pie de la letra, un texto que había estudiado para el caso.

–Los fallecimientos son una buena fuente informativa –concluyó Luke–, los ritos y costumbres funerarias perduran más que otros. Además, no sé por qué razón a la gente de los pueblos siempre le gusta hablar de muertes.

–Les divierten los funerales –agregó Bridget desde la ventana.

–Creo que comenzaré por ahí –continuó Luke–. Si puedo conseguir una lista de las últimas defunciones en la parroquia, pienso visitar a los parientes y hacerles hablar. No dudo de que pronto obtendré una pista de lo que ando buscando. ¿Creen que el pastor podrá darme esos datos?

–Seguramente eso le interesará a Mr. Wake –dijo Bridget–. Es una persona encantadora y muy aficionado a las antigüedades. Supongo que le dará mucha información.

Luke permaneció unos momentos en silencio, mientras rogaba para sus adentros que el pastor no fuera tan experto que descubriera su superchería. En voz alta dijo con entusiasmo:

–Bien. Ustedes no tendrán idea de las personas que murieron este pasado año, imagino.

Bridget murmuró:

–Déjeme pensar. Carter, sí, claro, era el patrón de una tabernucha que hay cerca del río, Las Siete Estrellas.

–Era un borrachín –dijo lord Whitfield–. Uno de esos socialistas ofensivos. Nos libramos de un indeseable.

–Y Mrs. Rose, la lavandera –prosiguió Bridget–. Luego el pequeño Tommy Pierce que, por decirlo de algún modo, era un muchacho antipático. Ah, y aquella chica, Amy como-se-llame.

Su voz cambió ligeramente de tono al pronunciar este nombre.

–¿Amy? –preguntó Luke.

–Amy Gibbs. Fue nuestra doncella, pero luego se marchó a casa de miss Waynflete. Hubo investigaciones sobre su muerte.

–¿Por qué?

–Porque la muy tonta se confundió de botella en la oscuridad –dijo lord Whitfield.

–Se tomó el tinte para sombreros en vez del jarabe para la tos –aclaró Bridget.

Luke enarcó las cejas.

–Una tragedia.

–Corría el rumor de que se lo tomó adrede –comentó Bridget–. Un desengaño amoroso.

Hablaba despacio, casi de mala gana.

Se hizo un silencio. Luke sintió instintivamente la presencia de un sentimiento del que no le hablaban.

«¿Amy Gibbs? – pensó–. Sí, ese es uno de los nombres que oí mencionar a miss Pinkerton.»

También le había hablado de un muchacho, Tommy

no-sé-qué... del que evidentemente no tenía en buen concepto –en esto por lo visto coincidía con Bridget–. Y sí, también estaba casi seguro de haberle oído mencionar a Carter.

Se levantó y dijo en tono risueño:

–Esta conversación me hace sentir un poco vampiro, como si sólo pensara en los cementerios. Las ceremonias nupciales también son interesantes, pero es muy difícil hablar de ello sin conocer a las personas.

–Me figuro que sí –respondió Bridget con una leve sonrisa.

–Las maldiciones y hechizos son otro punto interesante –prosiguió Luke mientras intentaba demostrar entusiasmo–. En estos lugares se encuentran con frecuencia. ¿Saben de algún chisme de esta clase?

Lord Whitfield negó lentamente con la cabeza, y Bridget respondió:

–No acostumbramos escuchar ciertas cosas.

Luke siguió con esa idea antes de que concluyera:

–No lo dudo, tendré que moverme en otro ambiente social más bajo para conseguir lo que deseo. Primero iré a la vicaría a ver lo que pueden contarme allí. Luego, tal vez visite esa taberna, Las Siete Estrellas. Se llama así, ¿no? ¿Y qué me dicen del muchacho antipático? ¿Ha dejado parientes?

–Mrs. Pierce tiene un estanco y papelería en High Street.

–Esto es poco menos que providencial –dijo Luke–. Bueno, ya me voy.

Bridget se apartó de la ventana con un rápido movimiento.

–Si no le molesta, iré con usted.

–Claro que no.

Habló con toda la sinceridad posible, pero se preguntó si ella había advertido su sorpresa.

Le habría sido más fácil su entrevista con el pastor sin la presencia de una inteligencia como la de Bridget.

«Está bien –pensó para sí–. Tendré que representar mi papel de un modo convincente.»

–Luke, ¿quiere esperar a que me cambie de zapatos?

Oírle pronunciar su nombre de pila con tal naturalidad le produjo un sentimiento muy dulce y, sin embargo, ¿cómo debió haberlo llamado si no? Puesto que habían acordado hacerse pasar por primos, era natural que no le llamase Mr. Fitzwilliam. Y de pronto se preguntó inquieto: «¿Qué pensará ella de todo esto?».

Era extraño que no se hubiese preocupado hasta ese momento. La prima de Jimmy había sido una solución abstracta. No pensó en ella, se limitó a aceptar la opinión de su amigo cuando dijo: «Bridget lo arreglará todo a su gusto».

Se la había imaginado, si es que en algún momento lo había hecho, como una de esas secretarias rubias, lo suficientemente lista para pescar a un hombre rico.

En vez de eso, era voluntariosa, inteligente, poseía un cerebro privilegiado e ignoraba lo que pensaba de él. Se dijo: «No es una persona fácil de engañar».

–Ya estoy lista.

Se había aproximado tan silenciosamente que él no se dio cuenta. Iba sin sombrero y con el cabello suelto. Al salir de la casa, el viento que soplaba en la esquina del adefesio almenado se lo alborotó alrededor del rostro.

Le dijo con una sonrisa:

–Me necesita para que le enseñe el camino.

–Es usted muy amable –contestó puntillosamente.

¿Eran imaginaciones suyas o la había visto sonreír con ironía?

Miró la casa que dejaban a sus espaldas y comentó:

–¡Qué detestable! ¿Es que nadie fue capaz de detenerlo?

–Para un inglés su casa es su castillo –contestó Bridget–. Éste es el caso de Gordon y en definitiva está encantado con ella.

Consciente de que su comentario era de mal gusto, pero sin poder contenerse, dijo:

–Era la casa de sus antepasados, ¿verdad? ¿A usted también le «encanta» verla así?

Ella le miró divertida.

–No quisiera desilusionarlo –murmuró–. Pero me fui de ella a los dos años y medio, así que la nostalgia del viejo hogar no se aplica aquí. Ni siquiera recuerdo cómo era.

–Tiene usted razón –dijo Luke–. Perdone mi uso del lenguaje novelesco.

La muchacha se echó a reír.

–La verdad casi nunca es romántica.

Había un súbito tono de amargo desprecio en su voz. Enrojeció debajo del tostado, y entonces comprendió de pronto que no iba dirigida a él, sino a sí misma. Luke guardó silencio, pero habría querido saber muchas más cosas de Bridget Conway.

Tardaron cinco minutos en llegar a la iglesia y pasaron a la vicaría, donde encontraron al pastor.

Alfred Wake era un hombre encorvado y menudo de ojos azules e inocentes, con un aire de profesor distraído pero cortés. Pareció complacido, pero algo sorprendido por la visita.

–Mr. Fitzwilliam se hospeda con nosotros en Ashe Manor –le dijo la joven–, y desea consultarle sobre un libro que está escribiendo.

Mr. Wake dirigió su suave mirada hacia Luke, y él empezó a explicarse.

Estaba muy nervioso por partida doble. En primer lugar, porque aquel hombre debía de saber mucho más sobre folclore, ritos y costumbres supersticiosas que lo poco que él había aprendido en la rápida lectura de unos cuantos libros y, en segundo lugar, porque Bridget estaba a su lado escuchando.

Luke se sintió aliviado al saber que la especialidad del pastor eran las ruinas romanas y al oírle confesar que entendía muy poco de costumbres medievales y de brujería. Mencionó algunos hechos ocurridos en Wychwood y se ofreció a acompañarlo hasta la colina donde se decía que se celebraban los aquelarres, pero se lamentó de no poder darle ninguna información especial.

Luke, disimulando su satisfacción, procuró parecer un tanto desilusionado y luego comenzó a preguntarle sobre las supersticiones mortuorias.

Mr. Wake movió la cabeza.

–Me temo que soy la última persona que puede informarle sobre este particular. Mis feligreses procuran que no llegue a mis oídos nada poco ortodoxo.

–Claro, es lógico.

–Pero, sin embargo, tenga la certeza de que aún existen muchas supersticiones. Estos pueblos están muy atrasados.

Luke prosiguió sin parar mientes:

–Le he pedido a miss Conway una lista de las últimas defunciones. Creo que de este modo podré obtener algunos datos. Tal vez usted pueda dármela y así podré escoger a los más probables.

–Sí, eso puede arreglarse. Gil, el sepulturero, le ayudará. Es un buen hombre, aunque está muy sordo. Déjeme que piense. Ha habido bastantes fallecimientos, demasiados, ya lo creo: tuvimos una primavera muy mala y un invierno muy crudo, y muchos accidentes. Hemos tenido una racha de mala suerte.

–Algunas veces se atribuye la mala suerte a la presencia de una persona determinada.

–Sí. Recuerde la historia de Jonás. Pero yo no creo que hubiese ningún forastero ni nadie que destacase en ese sentido. Tampoco he oído ningún rumor sobre este respecto, pero, repito, eso puede pasarme inadvertido. Déjeme ver, hace poco murió el doctor Humbleby y la pobre Lavinia Pinkerton. Era una bellísima persona el doctor Humbleby.

–Mr. Fitzwilliam conoce a unos amigos suyos –intervino Bridget.

–¿Es cierto? ¡Algo muy triste! Su muerte será muy sentida. Tenía muchos amigos.

–Pero seguramente también tendría enemigos –dijo Luke–. Sólo repito lo que oí decir a mi amigo –aclaró rápidamente.

Mr. Wake suspiró.

–Era un hombre que decía lo que pensaba, y podríamos decir que no tenía mucho tacto. Eso no es del agrado de todo el mundo. Pero era muy querido entre las clases humildes.

Luke dijo con tono despreocupado:

–¿Sabe? Yo creo que uno de los factores con que hay que contar en esta vida es que cada muerte reporta un beneficio para alguien, y no me refiero sólo monetariamente.

El vicario asintió pensativo.

–Sí, comparto su punto de vista. Leemos en las esquelas que sus parientes están desconsolados, pero me temo que eso raramente es cierto. En el caso del doctor Humbleby es innegable que su colega, el doctor Thomas, mejorará de posición.

–¿A qué se debe eso?

–Thomas, según creo, vale mucho. Por cierto, Humbleby siempre lo decía, pero aquí no le iban muy bien las cosas. Me figuro que Humbleby le hacía sombra, porque era un hombre de una gran personalidad. A su lado, su colega parecía un tanto desdibujado y no impresionaba a los pacientes. Esto le preocupaba y lo empeoraba todo aún más, le hacía más nervioso y reservado. A decir verdad, ya he notado una gran diferencia. Tiene más aplomo, más personalidad. Creo que ha recobrado la confianza en sí mismo. Muchas veces no se ponían de acuerdo. Thomas era partidario de los tratamientos modernos y, en cambio, Humbleby prefería los sistemas antiguos. Más de una vez tuvieron discusiones por eso y por otro asunto más íntimo. Pero esto último sólo son chismes y yo no debo hablar tanto.

Bridget dijo en voz baja y clara:

–Pero yo creo que a Mr. Fitzwilliam le gustaría escucharlos.

Luke le dirigió una mirada inquieta.

El pastor movió la cabeza sin saber qué partido tomar y, al fin, prosiguió sonriendo:

–Me temo que uno se acostumbra a interesarse demasiado por los asuntos de sus vecinos. Rose Humbleby es una muchacha muy bonita, y no es de extrañar que Geoffrey Thomas perdiera la cabeza por ella. El punto de

47

vista de Humbleby era también muy comprensible. La muchacha es joven y en este pueblo apartado no hay muchos hombres.

–¿Se oponía? –dijo Luke.

–Ya lo creo. Decía que eran muy jóvenes. Y, naturalmente, a la gente joven le disgusta que se lo digan. Entre los dos hombres existía una tirantez evidente. Pero me atrevo a asegurar que el doctor Thomas tuvo un gran disgusto cuando se produjo la inesperada muerte de su colega.

–De septicemia, me dijo lord Whitfield.

–Sí, un rasguño sin importancia que se infectó. Los médicos corren muchos riesgos en su carrera, Mr. Fitzwilliam.

–Sí, desde luego –respondió Luke.

Mr. Wake tuvo un sobresalto.

–Pero nos hemos apartado de la cuestión. Soy un viejo charlatán. Hablábamos de los ritos paganos y de las últimas muertes. Sí, también murió Lavinia Pinkerton, una de nuestras mejores feligresas. Luego esa pobre muchacha, Amy Gibbs. Puede que le interese, Mr. Fitzwilliam. ¿Sabe? Sospecharon que pudo haberse suicidado. Existen unos ritos supersticiosos especiales para estos casos. Una tía suya, no demasiado simpática y poco amante de su sobrina, aunque muy charlatana, vive aquí.

–Es un dato valioso –replicó Luke.

–Luego, Tommy Pierce. Había formado parte del coro: poseía una voz angelical. Pero él no lo era tanto, por desgracia. Tuvimos que librarnos de él porque revolucionaba a los otros niños. Pobre chico, me parece que en ninguna parte era bien recibido. Le despidieron de la oficina de Correos, donde le encontramos trabajo como mensajero.

Estuvo algún tiempo en la oficina de Mr. Abbot, pero también fue despedido creo que por curiosear unos documentos confidenciales. Luego trabajó en Ashe Manor como aprendiz de jardinero. ¿No es cierto, miss Conway? Y lord Whitfield tuvo que despedirlo por su impertinencia. Yo lo sentí por su madre, que es una mujer honrada y trabajadora. Miss Waynflete le dio un empleo: consistía en limpiar los cristales de las ventanas. Fue muy amable. Al principio lord Whitfield se opuso, pero al final cedió y es una lástima que lo hiciera.

–¿Por qué?

–Porque así fue como se mató el chico. Estaba limpiando las ventanas del último piso de la biblioteca cuando se puso a bailar una danza estúpida en un repecho o algo parecido. Perdió el equilibrio, o le daría vértigo, y cayó. ¡Qué desgracia! No recobró el conocimiento y murió pocas horas después de que le trasladaran al hospital.

–¿Le vieron caer? –preguntó Luke interesado.

–No. Estaba en la parte del jardín, no en la parte delantera. Se cree que permaneció en el suelo una media hora hasta que lo encontraron.

–¿Quién lo descubrió?

–Mrs. Pinkerton. La dama que murió en un accidente de circulación el otro día. Pobre mujer. Estaba trastornada. ¡Vaya un hallazgo! Había obtenido un permiso para cortar algunas plantas y se encontró al muchacho tal como había caído.

–Debió de ser un shock terrible –dijo Luke meditativo.

«Ya lo creo –se dijo para sí–, más de lo que se figura.»

–Ver truncada una vida joven es muy desagradable –siguió diciendo el pastor–. Quizá muchas de las faltas de Tommy debiéramos atribuirlas a su impetuosidad.

–Era un bravucón insolente –dijo Bridget–. Usted sabe que es cierto, Mr. Wake. Siempre atormentaba a los gatos y cachorros, y pellizcaba a los otros muchachos.

–Lo sé, lo sé. El pastor meneó la cabeza con tristeza–. Pero usted ya sabe, mi querida miss Conway, que algunas veces la crueldad no es innata, sino el resultado de una inteligencia retrasada. Por eso, si usted imagina a un hombre adulto con la mentalidad de un niño, comprenderá que la malicia y la brutalidad son completamente desconocidas para el lunático. Estoy convencido de que hoy en día un desarrollo deficiente es la raíz de la estupidez y crueldad del mundo. Deben dejarse a un lado los infantilismos.

Meneó la cabeza y extendió las manos.

Bridget dijo con voz súbitamente ronca:

–Sí, tiene usted razón. Sé lo que quiere decir. Un hombre que sea tan sólo un niño es lo peor del mundo.

Luke la miró con curiosidad, convencido de que se refería a alguna determinada persona y, aunque en algunos aspectos lord Whitfield era muy infantil, no creía que fuese él. Es verdad que era un tanto ridículo, pero, desde luego, no era aterrador.

Luke Fitzwilliam se preguntó muy interesado quién sería esa persona.

5

UNA VISITA A MISS WAYNFLETE

Mr. Wake musitaba algunos nombres.

–Veamos quién más: la pobre Mrs. Rose, el viejo Bell y el niño de los Elkins; y Harry Carter. No todos eran de mi parroquia. Mrs. Rose y Carter eran disidentes. Y la racha de frío que tuvimos en marzo, se llevó al viejo Benjamin Stanbury; tenía noventa y dos años.

–En abril murió Amy Gibbs –dijo Bridget.

–Sí, pobre muchacha, una equivocación lamentable.

Luke alzó la vista y vio que Bridget le observaba. Al verse sorprendida, desvió la mirada.

«Aquí hay algo que tengo que averiguar –pensó el joven contrariado– y que se relaciona con Amy Gibbs.»

Se despidieron del pastor y, en cuanto estuvieron en el exterior, Luke preguntó:

–¿Quién era Amy Gibbs?

Bridget tardó unos momentos en contestar y, luego, con voz forzada que Luke detectó, dijo:

–Amy era una de las doncellas más ineptas que he conocido.

–¿Y por eso la despidieron?

–No. Cuando no estaba de servicio se pasaba las horas coqueteando con algún hombre. Gordon tiene unos principios muy morales y anticuados. Según él, los pecados se cometen sólo después de las once de la noche, cuando comienza el desenfreno. Así se lo dijo y ella se puso muy impertinente.

—¿Era bonita? —preguntó Luke.

—Mucho.

—¿Es la que confundió el tinte para sombreros con el jarabe para la tos?

—Sí.

—Es una cosa bastante estúpida —dijo Luke.

—Una gran estupidez.

—¿Ella lo era?

—No, era una muchacha muy lista.

Luke estaba perplejo. Sus respuestas tenían todas el mismo tono indiferente. Pero, detrás de sus palabras, ocultaba algo que no decía.

En aquel momento, la joven se detuvo para hablar con un hombre alto que se quitó el sombrero y la saludó efusivamente.

Tras intercambiar unas palabras, le presentó a Luke.

—Éste es mi primo, Mr. Fitzwilliam, que pasa una temporada en casa. Ha venido para escribir un libro. Éste es Mr. Abbot.

Luke le contempló con interés. Era el abogado que había empleado a Tommy Pierce.

Luke tenía un prejuicio especial contra los abogados en general, basado en que la mayoría de los políticos pertenecían a dicha profesión. También le enfurecía su precavida costumbre de no comprometerse. Sin embargo, Mr. Abbot no pertenecía al tipo corriente: no era ni delgado ni reservado, sino un hombre corpulento, vestido elegantemente, de unos modales corteses y una efusiva jovialidad.

Sus ojos estaban rodeados de pequeñas arrugas y eran más astutos de lo que parecían a primera vista.

—¿Así que escribe un libro? ¿Una novela?

—Costumbrista —respondió Bridget.

—Entonces ha dado usted con el sitio adecuado —dijo el abogado—. Esta parte del mundo es muy interesante.

—Eso tengo entendido —dijo Luke—. Creo que pueden ayudarme mucho. Sin duda habrá visto algunos documentos antiguos curiosos o sabrá de algunas costumbres interesantes que todavía se conservan.

—Pues yo no sabría decirle, pero puede que...

—¿Creen en los espíritus? —le preguntó Luke.

—La verdad es que no lo sé.

—¿Hay casas encantadas?

—No, no que yo sepa.

—Existe la superstición, ya debe conocerla —dijo Luke—, del niño muerto. Si un niño muere de muerte violenta, dicen que sigue deambulando indefinidamente, pero si es una niña, no. Interesante superstición, ¿verdad?

—Mucho —dijo Mr. Abbot—. No lo había oído mencionar nunca.

No era extraño, puesto que Luke lo acababa de inventar.

—Parece ser que tuvo empleado en su oficina a ese tal Tommy no-sé-cuántos. Tengo razones para creer que piensan que sigue deambulando.

El rostro sanguíneo de Mr. Abbot se tornó púrpura.

—¿Tommy Pierce? Era un mequetrefe inútil, espía y entrometido.

—Los espíritus siempre hacen travesuras. Los buenos ciudadanos, cuando mueren, no vuelven a molestar a este mundo.

–¿Qué significa esa historia? ¿Quién lo ha visto?

–Estas cosas son difíciles de atribuir a alguien en concreto –dijo Luke–. La gente no lo pregonará a cara descubierta, pero es algo que se palpa en el ambiente.

–Sí, sí, claro.

Luke cambió de tema.

–La persona más indicada para ayudarme es el médico. Los médicos se enteran de muchas cosas cuando visitan a los pobres: de toda clase de supersticiones, filtros amorosos y demás extravagancias.

–Debe usted ver al doctor Thomas. Es un buen muchacho, muy moderno. No como el pobre Humbleby.

–Era algo retrógrado, ¿verdad?

–Era muy testarudo, un cabeza dura en el peor sentido de la palabra.

–Tuvieron ustedes una discusión por causa del proyecto del agua, ¿verdad?

Mr. Abbot enrojeció otra vez.

–Humbleby se oponía a los adelantos del progreso. No quiso aprobar el proyecto. Me dijo cosas muy desagradables. No midió sus palabras. Podría haberle demandado por algunas de las cosas que dijo.

–Pero los abogados nunca recurren a la ley –murmuró Bridget–. Ellos saben más, ¿verdad?

Abbot se echó a reír. Su enojo cesó tan pronto como había aparecido.

–¡Muy bueno, miss Bridget! No anda muy equivocada. Los que estamos siempre entre leyes sabemos demasiado. ¡Ja, ja! Bueno, tengo que irme. Telefonéeme si cree que puedo ayudarle en algo, Mr...

–Fitzwilliam –dijo Luke–. Gracias, así lo haré.

Siguieron andando y Bridget comentó:

–Por lo que veo, su método consiste en dar las cosas por hechas y ver las reacciones que provocan.

–Lo que usted quiere decir es que mis métodos no son muy honestos. ¿No es eso?

–Es lo que he notado.

Con ligero desasosiego pensó lo que iba a decirle pero, antes de que pudiera hablar, lo hizo ella:

–Si le interesa saber más acerca de Amy Gibbs, le puedo acompañar a ver a una persona que podría ayudarle.

–¿Quién es?

–Miss Waynflete. Amy trabajó allí cuando dejó Ashe Manor, y fue en esa casa donde murió.

–Ah, ya –Luke estaba algo sorprendido–. Me parece bien, muchas gracias.

–Vive aquí mismo.

Se hallaban en el prado del pueblo y Bridget, al inclinar la cabeza para indicarle la gran casa georgiana que Luke había observado el día anterior, le dijo:

–Esto es Wich Hall. Ahora es la biblioteca.

Al lado se alzaba una casita que, comparada con la otra, parecía de juguete. Los escalones blancos resplandecían, los picaportes brillaban y las cortinas de las ventanas eran un primor.

Bridget empujó la puerta del jardín y subió los escalones de la entrada. Antes de que llamara, se abrió la puerta y salió una mujer mayor.

Luke la consideró el modelo de una solterona rural. Cubría su cuerpo delgado con una falda, una chaqueta de tweed y una blusa de seda gris con un broche de cuarzo ahumado, y llevaba el sombrero de fieltro encasquetado en su bien formada cabeza. Su rostro era agradable y sus ojos denotaban inteligencia a través de los cristales de las gafas. A Luke le recordó esos chivos negros que se ven en Grecia. Su mirada expresaba ingenua sorpresa.

–Buenos días, miss Waynflete –le dijo Bridget–. Éste es Mr. Fitzwilliam. –Luke saludó–. Está escribiendo un libro sobre los fallecimientos y costumbres del pueblo y sus relatos espeluznantes.

–¡Oh, Dios mío, qué interesante!

Y le contempló con admiración. A Luke le recordó a miss Pinkerton.

–He pensado –dijo Bridget, y de nuevo él notó en su voz un curioso matiz de indiferencia– que usted podría contarle algunas cosas sobre Amy.

–¡Ah! –exclamó miss Waynflete–. ¿De Amy? Sí.

Observó una nueva expresión en su rostro. La mujer parecía estar estudiándolo a fondo. Al fin, como si hubiese tomado una decisión, les introdujo en el vestíbulo.

–Entren, hagan el favor. Ya saldré más tarde. No, no –dijo en respuesta a las protestas del joven–. En realidad, no tengo nada que hacer con urgencia. Sólo unas compras.

La salita estaba muy aseada y olía a lavanda. Sobre la repisa de la chimenea había varias figurillas de porcelana de pastores de sonrisa boba. Varias acuarelas, dos tapices y tres bordados adornaban las paredes. Había algunas fotos de sobrinos y sobrinas. Algunos muebles eran buenos, como el escritorio Chippendale, una mesita de palisandro y un siniestro sofá victoriano bastante incómodo.

Miss Waynflete les ofreció dos sillas y luego dijo a modo de disculpa:

–Como yo no fumo, no tengo cigarrillos para ofrecerles, pero pueden fumar si lo desean.

Luke no hizo uso del permiso, pero Bridget sacó en seguida un cigarrillo y lo encendió.

Miss Waynflete, sentada muy tiesa en una silla con los brazos tallados, estudió a su invitado durante unos instantes hasta que bajó la mirada satisfecha de su examen.

–¿Desea conocer cosas sobre la pobre Amy? Todo el asunto fue muy triste y nos produjo una gran angustia. Fue una trágica equivocación.

–¿No fue un suicidio? –preguntó Luke.

–No, no, no lo creí ni por un momento. Amy no era de ese tipo.

–¿A qué tipo pertenecía? –dijo Luke bruscamente–. Me gustaría conocer su opinión.

–Pues la verdad es que no era una buena doncella, pero hoy en día uno se conforma con tener a cualquiera. Descuidaba su trabajo y siempre estaba dispuesta a salir; claro que era joven y ahora todas las chicas son así. No comprenden que su tiempo pertenece a sus señores.

Luke adoptó la expresión adecuada y miss Waynflete se dispuso a desarrollar su tema.

–No era de las muchachas que me suelen gustar. Era demasiado atrevida, aunque no quiero hablar mal de ella ahora que ha muerto. No es cristiano, aunque no veo ninguna razón para ocultar la verdad.

Él asintió, pensando que miss Waynflete se diferenciaba de miss Pinkerton en que tenía más lógica y pensaba más las cosas.

–Deseaba que la admiraran –prosiguió miss Waynflete–, y siempre estaba pendiente de su persona. Mr. Ellsworthy, el que tiene la nueva tienda de antigüedades, pero que es todo un caballero, es aficionado a las acuarelas y también hizo uno o dos bocetos de la cabeza de la muchacha, y yo creo que aquello le dio otras ideas. Comenzó a reñir con su prometido, Jim Harvey. Es mecánico, trabaja en el garaje y la quería mucho.

Hizo una pausa antes de proseguir:

—Nunca olvidaré aquella horrible noche. Amy estaba indispuesta, tenía mucha tos. Con esas medias de seda baratas y esos zapatos con suelas que parecen de papel, no me extraña que pillen resfriados, y aquella tarde fue a ver al médico para que le recetase algo.

Luke preguntó con rapidez:

—¿Al doctor Humbleby o al doctor Thomas?

—Al doctor Thomas. Y él le dio la botella de jarabe para la tos, algo completamente inofensivo, según creo. Se acostó temprano y, aproximadamente a la una de la madrugada, empecé a oír unos horribles quejidos. Me levanté y fui hasta su cuarto, pero tenía la puerta cerrada por dentro. La llamé, pero no respondió. La cocinera estaba conmigo y las dos nos asustamos mucho. Nos dirigimos a la puerta de la casa y, por suerte, en aquel momento pasaba por allí Reed, el agente de policía, y le llamamos. Dio la vuelta a la casa y se las arregló para subir hasta su ventana. Y como estaba abierta, entró y nos abrió la puerta. Pobre chica. Fue terrible. No pudieron hacer nada por ella y murió pocas horas después en el hospital.

—¿Y fue por ese tinte para sombreros?

—Sí. Dijeron que murió envenenada por ácido oxálico. La botella era aproximadamente del mismo tamaño que la de jarabe. Ésta estaba en su lavabo y la del tinte al lado de la cama. Debió cogerla por equivocación y la dejó allí para poderla tomar a oscuras si se encontraba mal. Ésa fue la teoría en la encuesta.

Miss Waynflete hizo una pausa. Sus ojillos de cabra

inteligente le miraron con cierto significado oculto. Tuvo el presentimiento de que no le contaba toda la historia y la sensación de que, por alguna razón, quería que él fuera consciente del hecho.

Hubo un silencio largo y un tanto incómodo. Luke se sentía como un actor que ha olvidado su papel en el momento de entrar en escena. Finalmente, sin demasiada firmeza, dijo:

−¿Y usted cree que no fue un suicidio?

−Desde luego. Si hubiese decidido matarse, lo más probable es que hubiese comprado algún veneno. Hacía años que debía de tener esa botella. Y, de todas formas, ya le he dicho que no era de esa clase de chicas.

−Entonces, ¿qué es lo que usted cree? −preguntó él bruscamente.

−Creo que fue una desdichada equivocación.

Apretó los labios y le miró con interés.

Cuando Luke pensaba que debía decir algo lo antes posible, se oyó rascar en la puerta y un maullido lastimero.

Mrs. Waynflete se levantó para abrir la puerta, por la que entró un magnífico gato persa, que se paró para observar a los visitantes con una expresión de reproche y luego se sentó en el brazo del sillón de miss Waynflete.

−Dime, *Wonky Pooh*, ¿dónde ha estado mi *Wonky Pooh* toda la mañana? −preguntó la anciana con un tono arrullador.

Aquel nombre hizo vibrar una cuerda en su memoria. ¿Dónde había oído algo sobre un gato persa llamado *Wonky Pooh*?

−Es un gato muy bonito. ¿Hace mucho tiempo que lo tiene?

Miss Waynflete meneó la cabeza.

–Oh, no, pertenecía a una antigua amiga mía, miss Pinkerton. La atropelló uno de esos horribles automóviles y, por supuesto, no podía consentir que *Wonky Pooh* fuese a parar a manos extrañas. Lavinia se habría disgustado. Lo adoraba y es muy bonito, ¿no le parece?

Luke contempló el gato con seriedad.

Miss Waynflete le advirtió:

–Tenga cuidado con sus orejas. Hace tiempo que le duelen.

Luke lo acarició con cuidado, mientras Bridget se ponía de pie.

–Debemos marcharnos.

Miss Waynflete estrechó la mano de Luke.

–Tal vez volvamos a vernos pronto –le dijo.

–Así lo espero –respondió Luke con jovialidad.

Le pareció que ella estaba algo desconcertada y desilusionada. Miró a Bridget interrogadoramente y Luke pensó que había algo entre las dos mujeres que él ignoraba, pero se propuso averiguarlo pronto.

Miss Waynflete salió con ellos. Luke se detuvo unos momentos antes de bajar los escalones de la entrada para contemplar el impecable verdor del prado y el estanque de los patos.

–Este lugar está maravillosamente intacto –dijo en voz alta.

El rostro de miss Waynflete se iluminó.

–Sí, es cierto. Está tal como lo recuerdo desde que era niña. ¿Sabe? Vivíamos en la casa grande. Pero cuando la heredó mi hermano, no quiso vivir allí. Como tampoco podía mantenerla, la puso en venta. Un constructor que quería «urbanizarla», creo que se dice así, hizo una oferta. Por suerte, lord Whitfield adquirió la propiedad y la salvó,

60

convirtiéndola en museo y biblioteca. La verdad es que prácticamente está intacta. Yo trabajo de bibliotecaria dos veces por semana, sin sueldo, desde luego, y puedo decirle el placer que se siente al estar en un sitio como éste y saber que no han hecho un estropicio. Y la verdad es que es perfecto. Debe visitar nuestro pequeño museo, Mr. Fitzwilliam. Hay algunas cosas muy interesantes.

–Por supuesto que pienso verlo, miss Waynflete.

–Lord Whitfield ha sido un gran benefactor de Wychwood –dijo miss Waynflete–. Y lo que me apena es que haya personas tan desagradecidas.

Sus labios se unieron hasta formar una línea delgada. Luke no hizo preguntas y se despidió de nuevo.

Cuando atravesaba la verja, Bridget preguntó:

–¿Quiere continuar las averiguaciones o volver a casa por el camino del río? Es un paseo muy agradable.

Luke no tenía intención de seguir la investigación en su compañía y respondió en el acto:

–Desde luego, prefiero volver por el río.

Caminaron por High Street. Una de las últimas casas ostentaba un letrero en letras doradas con la palabra «Antigüedades». Luke se detuvo y miró el sombrío interior a través de una de las ventanas.

–Veo un plato de porcelana bastante bonito –observó–. Le gustaría a una de mis tías. ¿Cuánto cree usted que puede valer esa pieza?

–¿Quiere que entremos a preguntarlo?

–¿No le importa? Me gusta husmear en los anticuarios. Algunas veces se encuentran verdaderas gangas.

–Pues aquí no creo que las encuentre –dijo Bridget con frialdad–. Ellsworthy conoce el valor exacto de todos sus objetos.

La puerta estaba abierta. En la tienda había sillas y canapés con piezas de porcelana y peltre sobre ellos. A cada lado había una habitación con más objetos en exposición.

Luke entró en la de la derecha y cogió el plato de porcelana. En aquel preciso momento una silueta difusa se adelantó desde el fondo del cuarto en que había estado sentada en su escritorio de nogal estilo reina Ana.

—¡Oh, querida miss Conway, cuánto celebro verla!

—Buenos días, Mr. Ellsworthy.

Mr. Ellsworthy era un hombre joven y atractivo, vestido de color castaño, de rostro alargado y boca femenina. Llevaba el cabello largo y sus andares eran afectados.

Bridget los presentó, y el anticuario en seguida dedicó toda su atención a su cliente.

—Auténtica porcelana inglesa antigua. Delicioso, ¿verdad? Adoro todo lo que hay en mi tienda y siento que alguien lo compre. Siempre soñé con vivir en el campo y tener una tiendecita. Wychwood es un sitio maravilloso, tiene ambiente. ¿Sabe lo que quiero decir?

—El temperamento artístico —murmuró Bridget.

Ellsworthy se volvió hacia ella, agitando las manos largas y blancas.

—No, por favor. No emplee esa frase, miss Conway. No, no, se lo suplico. No me diga que me las doy de artista porque no puedo soportarlo. Claro que yo no vendo ropa ni cobre batido. Pero soy un tendero, eso es todo, sólo un tendero.

—Pero usted es un artista, ¿verdad? —dijo Luke—. Quiero decir que usted pinta acuarelas, ¿eh?

—¿Quién le ha dicho eso? —exclamó Mr. Ellsworthy juntando las manos—. Este lugar es maravilloso, no se puede guardar un secreto. Por eso me gusta. Es tan distinto de ese inhumano «ocúpese de sus asuntos que yo cuidaré de los míos» de las ciudades. Los chismes y los escándalos son deliciosos si uno los toma por el lado bueno.

Luke se contentó con responder a la pregunta de Ellsworthy haciendo caso omiso del resto.

–Miss Waynflete nos dijo que había hecho bocetos de esa muchacha, Amy Gibbs.

–¡Oh, Amy! –Dio un paso atrás y estuvo a punto de hacer caer una jarra de cerveza de porcelana–. ¿Sí? ¡Oh, sí! Supongo que le hice un par.

Había perdido algo de su pose.

–Era una muchacha muy bonita –dijo Bridget.

Mr. Ellsworthy había recobrado su aplomo.

–Ah, ¿usted cree? Yo la encontraba muy vulgar –respondió. Y prosiguió, dirigiéndose a Luke–: Tengo un par de pájaros de porcelana preciosos.

Luke fingió interés por los pájaros y preguntó el precio del plato.

Ellsworthy mencionó una cifra.

–Gracias –dijo Luke–, pero no creo que vaya a privarle de su posesión de momento.

–¿Sabe que siempre me alegro de no vender un objeto? Qué tontería, ¿verdad? Mire, se lo dejo por una guinea menos. A usted le ha gustado, me he dado cuenta. Y eso es distinto. Después de todo, esto es una tienda.

–No, gracias –dijo Luke.

Mr. Ellsworthy los acompañó hasta la puerta, sin dejar de mover las manos. Luke consideró que eran unas manos desagradables. La piel, aunque blanca, tenía un tono ligeramente verdoso.

–¡Vaya tipo ese Mr. Ellsworthy! –dijo Luke cuando salieron de la tienda.

–Tiene una mente tan sucia como sus hábitos –dijo Bridget.

–¿Por qué habrá venido a un sitio como éste?

–Creo que practica la magia negra. No llega a las misas negras, pero hace ese tipo de cosas. La reputación de este pueblo le ayuda.

Luke dijo bastante sorprendido:

–¡Dios mío, me parece que esta es la clase de tipo que necesito! Debí haberle hablado de mis propósitos.

–¿Usted cree? Sabe bastantes cosas.

Luke respondió bastante inquieto:

–Le veré otro día.

Bridget guardó silencio. Ya estaban fuera de la población. Siguieron un sendero y pronto llegaron al río.

Allí encontraron a un hombrecillo con un bigote tieso y ojos saltones. Le acompañaban tres bulldogs a los que gritaba con voz áspera por turno.

–Nero, ven aquí. Nelly, deja eso. Déjalo. Escucha lo que te digo. Augusto... Augusto... Ya te he dicho...

Se interrumpió para quitarse el sombrero y saludar a Bridget. Miró a Luke con curiosidad y después continuó su camino con más gritos.

–¿Es el comandante Horton y sus perros? –preguntó Luke.

–Precisamente.

–Vaya, en una mañana hemos visto a todos los miembros importantes de este pueblo, ¿eh?

–Casi.

–Me siento violento –prosiguió Luke–. Me figuro que deben de notar que soy forastero a una milla de distancia –agregó al recordar los comentarios de Jimmy Lorrimer.

—El comandante Horton nunca disimula su curiosidad —le dijo Bridget.

—Es un hombre que no puede negar que ha sido militar —dijo Luke con un tono algo desabrido.

Bridget exclamó de pronto:

—¿Nos sentamos un rato? Tenemos tiempo de sobra.

Se sentaron sobre un tronco caído que hacía las veces de banco y Bridget prosiguió:

—Sí. El comandante Horton tiene un aire muy castrense y unos modales cuarteleros. No lo querrá creer, pero hace un año era un calzonazos.

—¿Quién, ese individuo?

—Sí. Tenía por esposa a la mujer más desagradable que he conocido nunca. Además, tenía dinero y nunca dejaba de mencionarlo en público.

—Pobre... Me refiero a Horton.

—Él la trataba muy bien, oficial y caballero. Personalmente, no sé por qué no la mató de un hachazo.

—No debía de ser muy popular.

—Nadie la apreciaba. Se enfadó con Gordon y conmigo, y en todas partes molestaba su presencia y su insolencia.

—Pero supongo que la bendita Providencia se la llevó.

—Sí, hará cosa de un año. Gastritis aguda. Fue un infierno para su esposo, el doctor Thomas y las dos enfermeras. Pero al final se murió. En el acto se alegraron los perros.

—¡Inteligentes animalitos!

Se hizo un silencio. Bridget cortaba briznas de hierba y Luke contemplaba la orilla opuesta sin verla. Una vez más le obsesionaba el carácter fantástico de su misión. ¿Cuánto había de real y cuánto de imaginación? ¿No era un error estudiar a todas las personas que encontraba como si fuesen posibles asesinos? Este punto de vista era algo degradante.

«¡Maldita sea! –pensó–. ¡He sido policía durante demasiado tiempo!»

Le sacó de su abstracción la voz fría de Bridget que le decía:

–Mr. Fitzwilliam, dígame la verdad: ¿a qué ha venido usted aquí?

6

TINTE DE SOMBREROS

A Luke le había sorprendido la pregunta en el momento de encender un cigarrillo. Su inesperada observación le paralizó la mano y le hizo permanecer inmóvil hasta que se quemó.

—¡Maldición! —gritó Luke al tiempo que arrojaba la cerilla y agitaba la mano vigorosamente—. Le ruego que me perdone. Me he sobresaltado. —Sonrió con tristeza.

—¿Sí?

—Sí —suspiró—. Oh, está bien, supongo que cualquiera que sea inteligente me descubriría. Me figuro que no habrá creído, ni por un instante, que estoy escribiendo una novela de costumbres populares.

—Después de haberle visto, no.

—¿Y lo creyó antes?

—Sí.

—De todas formas, no era una buena excusa —admitió Luke en tono crítico—. Claro que cualquiera puede pretender estar escribiendo una novela, pero el hecho de venir aquí y hacerme pasar por su primo, ¿no le hizo sospechar que había gato encerrado?

Bridget meneó la cabeza.

—No. Le encontré una explicación. Por lo menos, eso

creí. Di por sentado que estaba sin un céntimo, muchos de mis amigos y los de Jimmy están del mismo modo, y creí que le había sugerido la idea de hacerse pasar por mi primo para..., bueno, digamos que para salvar su orgullo.

—Pero, cuando llegué, mi aspecto denotaba tal opulencia que, al instante, descartó esa explicación, ¿verdad?

Los labios de ella se curvaron en una sonrisa.

—¡Oh, no! —le dijo—. No fue por eso. Sino porque usted no era la persona adecuada.

—¿Quiere decir que no le parecí lo suficiente inteligente para escribir un libro? No le preocupe herir mis sentimientos. Prefiero saberlo.

—Usted podría escribirlo, pero no sería un libro sobre antiguas supersticiones, en el que trata de descubrir el pasado. ¡Nada de eso! No es de esos hombres para quien el pasado represente mucho, quizá ni siquiera el futuro. Tan sólo piensa en el presente.

—¡Hum! Ya comprendo. —Hizo una mueca—. ¡Maldita sea! Desde que he llegado, no ha dejado de ponerme nervioso. Es usted demasiado inteligente.

—Lo siento —respondió la joven con un tono seco—. ¿Qué es lo que se esperaba?

—La verdad es que no lo había pensado detenidamente.

Ella continuó con calma:

—¿Una chica vulgar, lo bastante lista para aprovechar la ocasión y casarse con su jefe?

Luke hizo un gesto indefinible. Ella le dirigió una mirada divertida.

—Lo comprendo. Está bien, no me enfado.

Luke optó por el descaro.

—Tal vez fuese algo parecido, pero no pensé mucho en ello.

–No, no pensó nada –le dijo ella–. Usted es de los que no abre una puerta hasta estar seguro de que la tiene delante.

Pero Luke estaba desarmado:

–¡Oh, ya me doy cuenta de que debo de haber representado pésimamente mi papel! ¿Lo ha adivinado también lord Whitfield?

–¡Oh, no! Si le dijera que ha venido a estudiar la vida de los escarabajos, se lo tragaría. ¡Tiene una mentalidad muy crédula!

–De todas formas, lo hice muy mal. Me puse nervioso.

–Es culpa mía –dijo Bridget–. Lo descubrí en el acto y me pareció divertido.

–¡Oh, ya me lo figuro! Las mujeres inteligentes acostumbran ser frías y crueles.

–En esta vida –murmuró Bridget– hay que aprovechar las diversiones cuando se presentan. –Hizo una pausa y luego preguntó–: ¿Para qué ha venido, Mr. Fitzwilliam?

Habían vuelto al punto inicial de la conversación. Luke ya se imaginaba lo que sucedía. Durante los últimos instantes había tratado de tomar una determinación. La miró a los ojos y vio en ellos una seriedad que no esperaba encontrar.

–Lo mejor será –dijo pensativo– no decirle más mentiras.

–Mucho mejor.

–Pero la verdad es difícil de explicar. Veamos, ¿se ha formado alguna idea..., quiero decir, se le ha ocurrido alguna razón que justifique mi presencia aquí?

Ella asintió con la cabeza lenta y pensativamente.

–¿Cuál es? ¿No quiere decírmela? Puede que me sirviera de ayuda.

Bridget respondió en voz baja:

–Pensé que había venido por algo relacionado con la muerte de esa muchacha, Amy Gibbs.

–¡Entonces era eso! Es lo que vi, lo que sentí cada vez que se nombraba. Sabía que había algo. ¿Y pensó que vine por esto?

–¿No es así?

–En cierto modo, sí.

Él calló y frunció el ceño. La muchacha, junto a él, tampoco habló para no distraer sus pensamientos.

Finalmente, se decidió:

–He venido por una mera suposición fantástica y probablemente absurda. Amy Gibbs es sólo una parte de todo el asunto. Tengo interés en saber de qué murió exactamente.

–Sí, eso es lo que pensé.

–¡Maldita sea! ¿Por qué lo pensó? ¿Qué hubo en su muerte que despertase su interés?

–Siempre he creído que hubo algo extraño –contestó Bridget–. Por eso le llevé a ver a miss Waynflete.

–¿Por qué?

–Porque ella también piensa como yo.

–¡Oh! –Luke hizo memoria. Ahora comprendía las insinuaciones de la inteligente solterona–. ¿Piensa como usted que... que hubo algo extraño?

Bridget asintió.

–Y exactamente ¿qué?

–En primer lugar, el tinte para sombreros.

–¿Qué quiere decir con eso?

–Pues que hace unos veinte años la gente teñía sombreros: una temporada lo llevaba de color rosa y la siguiente compraba una botella de tinte y lo convertía en azul marino; y luego otra botellita y lo volvía negro. Pero hoy ya no

70

se hace. Los sombreros son baratos y, cuando pasan de moda, se tiran.

—¿Incluso las chicas como Amy Gibbs?

—¡Antes lo hubiese pintado yo que ella! Economizar no se estila. Y además hay otra cosa: el tinte era rojo.

—¿Y bien?

—Amy Gibbs era pelirroja, del color de las zanahorias.

—¿Quiere decir que no le iba bien ese color?

Bridget asintió.

—Si una tiene el pelo rojo, no se pondrá nunca un sombrero de ese color. Son cosas que un hombre nunca podrá entender.

Luke la interrumpió recalcando las palabras.

—No, un hombre no lo comprendería. Sí, encaja, todo encaja.

—Jimmy tiene algunos amigos muy extraños en Scotland Yard —dijo Bridget—. Usted no será...

—Yo no soy un investigador oficial, ni un famoso detective privado, con un hermoso despacho en la calle Baker. Soy simplemente lo que Jimmy le dijo: un policía retirado que ha vuelto de Oriente. Y estoy investigando a causa de una conversación muy curiosa que sostuve en el tren que iba a Londres.

Le hizo un breve resumen de su charla con miss Pinkerton y de los acontecimientos posteriores que le habían llevado hasta Wychwood.

—Así que ya ve usted —concluyó—. Es todo tan fantástico... Busco a un hombre, un asesino secreto, alguien de Wychwood considerado y respetado. Si miss Pinkerton tiene razón y usted y esa señorita no-sé-cuántos también, ese hombre asesinó a Amy Gibbs.

Bridget se limitó a contestar:

—Ya.

—Supongo que lo pudieron hacer desde el exterior, ¿no le parece?

—Sí, me imagino que sí —respondió Bridget lentamente—. Reed, el agente, subió hasta la ventana por el tejadillo del retrete. Es un poco difícil, pero un hombre ágil podría escalarlo sin dificultad.

—¿Y qué haría después?

—Sustituiría el jarabe por la botella de tinte para sombreros.

—Con la esperanza de que hiciera exactamente lo que hizo: despertarse, beberlo y que todos pensasen que se había equivocado o suicidado.

—Sí.

—¿Y durante la investigación no se mencionó la posibilidad de que fuera lo que los libros llaman «juego sucio»?

—No.

—¿Nadie sospechó del tinte para sombreros?

—No.

—Pero usted sí.

—Sí.

—¿Y miss Waynflete? ¿Han hablado de esto las dos?

Bridget sonrió ligeramente.

—Oh, no, en ese sentido no. Quiero decir que no hemos hablado de nada en concreto. La verdad es que no sé lo que ella habrá pensado. Yo diría que estaba preocupada al principio y cada vez lo está más. Es muy inteligente, ¿sabe? Fue a la universidad o quería ir, y de joven era muy avanzada. No es obtusa como la mayoría de las personas de este pueblo.

—Me figuré que miss Pinkerton era algo obtusa —dijo Luke—. Por eso no creí que su historia pudiera ser cierta.

–Siempre la consideré muy astuta –respondió Bridget–. La mayoría de estas ancianas son muy agudas para algunas cosas. ¿Dice usted que mencionó otros nombres?

Luke asintió.

–Sí. Un muchacho llamado Tommy Pierce. Lo recordé en cuanto oí hablar de él. Y además estoy casi seguro de que también nombró a Carter.

–Carter, Tommy Pierce, Amy Gibbs, el doctor Humbleby –dijo Bridget pensativa–. Como usted dice, es demasiado fantástico para que sea verdad. ¿Quién iba a querer matar a toda esa gente? ¡Eran tan distintos!

–¿Tiene alguna idea de quién pudo desear la muerte de Amy Gibbs?

Bridget meneó la cabeza.

–No puedo imaginármelo.

–¿Y qué me dice de Carter? A propósito, ¿cómo murió?

–Se cayó al río y se ahogó cuando regresaba a su casa. Era una noche de niebla y estaba borracho. El puentecillo tiene barandilla sólo en un lado. Se dio por hecho que perdió pie y resbaló.

–Pero ¿alguien pudo haberle empujado?

–¡Oh, sí!

–¿Y cualquiera pudo empujar también a Tommy Pierce cuando limpiaba las ventanas?

–Sí, también.

–Así pues, los hechos nos muestran lo fácil que resulta deshacerse de tres seres humanos sin levantar sospechas.

–Miss Pinkerton sí sospechó –le recordó la joven.

–Sí, Dios la bendiga. No se avergonzaba de ser melodramática o de imaginar cosas.

–A menudo me decía que el mundo era un lugar muy malvado.

–¿Y supongo que usted sonreiría con sorna cuando lo decía?

–¡De qué manera!

–En este juego el que gana es el que es capaz de creer seis cosas imposibles antes del desayuno.

Bridget asintió.

–Me imagino que será inútil preguntarle –siguió Luke– si tiene alguna corazonada. ¿No hay nadie en Wychwood que le haga estremecer cuando lo ve, o que tenga una mirada extraña, o que se ría como un maníaco?

–Todos los que veo en Wychwood me parecen sanos, respetables y muy normales.

–Temía que me dijera eso –se lamentó Luke.

–¿Usted cree que ese hombre tiene que estar loco?

–Oh, yo diría que sí. Desde luego es un lunático, pero muy astuto. La última persona de quien sospecharía: probablemente un pilar de la sociedad como el director del banco.

–¿Mr. Jones? No puedo imaginarlo cometiendo todos esos asesinatos.

–Entonces, ese es el hombre que buscamos.

–Puede ser cualquiera –respondió Bridget–. El carnicero, el panadero, el tendero, un hortelano, un picapedrero o el que trae la leche.

–Sí, puede que sí. Pero me parece que nuestro campo es algo más reducido.

–¿Por qué?

–Miss Pinkerton me habló de su mirada cuando escogía su próxima víctima. Por el modo en que habló saqué la conclusión, aunque sólo se trata de una impresión mía, de que ese hombre pertenecía por lo menos a su misma esfera social. Claro que puedo equivocarme.

–¡Lo más probable es que esté en lo cierto! Los matices de una conversación no se pueden poner por escrito, pero son esa clase de cosas con las que uno realmente no comete errores.

–¿Sabe que me siento aliviado ahora que usted lo sabe todo?

–Así no estará tan nervioso y es probable que pueda ayudarle.

–Su ayuda me será muy valiosa. ¿De veras quiere continuar la investigación conmigo?

–Desde luego.

Luke le dijo un tanto preocupado:

–¿Y que pensará lord Whitfield? ¿Usted cree...?

–No le diremos ni una palabra a Gordon –le interrumpió Bridget.

–¿Quiere decir que no lo creería?

–Oh, claro que sí. ¡Gordon se lo cree todo! Se emocionaría y ordenaría a seis de sus mejores hombres que entrevistasen a todo el mundo. ¡Estaría encantado!

–En ese caso, es mejor no decírselo.

–Sí. No podemos permitir que se dedique a esos sencillos placeres.

Luke la miró, dispuesto a decirle algo, pero cambió de opinión y miró el reloj.

–Sí –le dijo Bridget–, debemos volver a casa.

Se puso de pie. Y entre los dos se alzó un muro de reserva como si las palabras que Luke no había pronunciado flotasen en el ambiente.

Y volvieron a la casa en silencio.

7

POSIBILIDADES

Luke se hallaba en su habitación. Durante la comida, contestó a un interrogatorio de Mrs. Anstruther sobre qué flores tenía en su jardín de Mayang Straits. Le dijo las que podían cultivarse allí. También escuchó hasta saciarse «las charlas para hombres jóvenes sobre mi persona», de lord Whitfield. Por fin, se hallaba a solas.

Cogió una hoja de papel y escribió la siguiente lista:

Doctor Thomas
Mr. Abbot
Comandante Horton
Mr. Ellsworthy
Mr. Wake
Mr. Jones
El novio de Amy Gibbs
El carnicero, el panadero, el lechero, etcétera.

Luego, en otra hoja, encabezó una nueva lista con la palabra VÍCTIMAS y escribió debajo:

Amy Gibbs: Envenenada.

Tommy Pierce: Arrojado desde una ventana.

Harry Carter: Arrojado desde el puente. ¿Bebido? ¿Drogado?

Doctor Humbleby: Envenenamiento de la sangre.

Miss Pinkerton: Atropellada por un automóvil.

Y agregó:

Mrs. Rose
El viejo Ben

Y después de una pausa:

Mrs. Horton

Se puso a considerar las listas de nombres, mientras fumaba un cigarrillo. Luego, cogió su lápiz una vez más.

Doctor Thomas: Posibilidades contra él.

Con motivos claros en el caso del doctor Humbleby. Modo de proporcionar la muerte de este último a su alcance, envenenamiento con gérmenes. Amy Gibbs le visitó la tarde de su fallecimiento. ¿Hubo algo entre ellos? ¿Chantaje?

¿Tommy Pierce? ¿Tenía relación con Amy Gibbs?

¿Harry Carter? Sin relación conocida.

¿Estuvo ausente el doctor Thomas el día que miss Pinkerton fue a Londres?

Luke suspiró y escribió otro encabezamiento:

Mr. Abbot: Posibilidades contra él.

Un abogado es siempre una persona sospechosa. Posibles prejuicios míos. Su personalidad expansiva, jovial, serían muy sospechosos en una novela. Siempre se recela de los hombres joviales. Objeción: esto no es una novela, sino la realidad.

Motivos para asesinar al doctor Humbleby: Evidente antagonismo entre ellos. Humbleby desafió a Mr. Abbot. Motivo suficiente para un cerebro perturbado. Sus desavenencias pudieron ser observadas con facilidad por miss Pinkerton.

¿Tommy Pierce? Revolvió entre los papeles de Mr. Abbot. ¿Encontró algo que no debería haber sabido?

¿Harry Carter? Sin relación directa.

¿Amy Gibbs? Sin relación conocida. El tinte para sombreros es muy apropiado para una mentalidad como la de Abbot, anticuada. ¿Estuvo ausente Mr. Abbot el día que mataron a miss Pinkerton?

Comandante Horton: Posibilidades contra él.

Sin relación conocida con Amy Gibbs, Tommy Pierce o Carter. ¿Qué hizo cuando murió su esposa? Su muerte pudo ser producida por arsénico. De ser así, otras muertes pudieron ser el resultado de ésta. ¿Chantaje? Punto importante: el doctor Thomas la asistía. (Más sospechas sobre Thomas.)

Mr. Ellsworthy: Posibilidades contra él.

Un tipo dudoso que practica la magia negra. Puede tener el temperamento de un asesino sediento de sangre. Relacionado con Amy Gibbs. ¿Y con Tommy Pierce? ¿Y Carter? Se ignora. ¿Humbleby? Pudo haber descubierto las condiciones mentales de Ellsworthy. ¿Y miss Pinkerton? ¿Estuvo lejos del pueblo Mr. Ellsworthy el día en que falleció dicha señorita?

Mr. Wake: Posibilidades contra él.
Muy poco probable. ¿Una posible manía religiosa? ¿Una misión asesina? En las novelas los religiosos ancianos son todos sospechosos, pero, como dije antes, esto es realidad.
Nota: Carter, Tommy, Amy, todos tienen mal carácter. ¿No decidiría que era mejor eliminarlos?

Mr. Jones:
Datos: ninguno.

El novio de Amy:
Probablemente, tenía razones para matarla, pero no parece lógico en líneas generales.

Los etcéteras:
No los imagino.

Releyó lo que acababa de escribir y murmuró por lo bajo:
–¡Lo cual es absurdo! ¡Qué bien resolvía las cosas Euclides!
Rompió las listas y las quemó, diciéndose para sí:
«Este caso no va a ser precisamente fácil.»

8

EL DOCTOR THOMAS

El doctor Thomas se recostó en su butaca y se pasó la mano delicada por el abundante pelo rubio. Era un hombre joven, que había superado ya los treinta. A primera vista, podría creerse que tenía todavía unos veinte años e incluso menos. La expresión ingenua, el pelo revuelto y la tez sonrosada le daban una apariencia infantil. Podía parecer joven, pero, sin embargo, su diagnóstico sobre el reuma de la rodilla de Luke coincidía casi exactamente con el emitido por un eminente especialista de Harley Street una semana antes.

–Gracias –dijo Luke–. Me alegra saber que ese tratamiento de corrientes eléctricas que me recomienda acabará con mi dolencia. No quisiera quedarme cojo a mi edad.

El doctor Thomas exhibió una sonrisa de niño.

–Oh, no creo que haya peligro de eso, Mr. Fitzwilliam.

–Bueno, me ha quitado usted un peso de encima. Pensaba ir a que me viera un especialista, pero ahora sé que no hay ninguna necesidad.

El doctor volvió a sonreír.

–Vaya usted si eso le tranquiliza. Después de todo, siempre es conveniente conocer la opinión de un experto.

–No, no. Tengo plena confianza en usted.

–Con franqueza, no es un caso complicado. Si sigue mis consejos, estoy seguro de que no volverá a molestarle.

–Me ha tranquilizado usted, doctor. Ya creía que iba a quedarme artrítico y que pronto no podría ni moverme.

El doctor Thomas meneó la cabeza con benevolencia.

Luke prosiguió rápidamente:

–¿Se ha fijado con qué facilidad perdemos el dominio de los nervios hoy en día? A veces creo que el médico tiene que sentirse un poco «hechicero», una especie de mago con la mayoría de los enfermos.

–La fe es muy necesaria.

–Lo sé. «El doctor me dijo» es una frase que se repite siempre con reverencia.

El doctor Thomas se encogió de hombros.

–¡Si los pacientes supieran...! –murmuró en un tono humorístico y prosiguió–: Escribe un libro sobre magia, ¿verdad, Mr. Fitzwilliam?

–¿Cómo lo sabe? –exclamó Luke con una sorpresa un tanto exagerada.

El doctor Thomas pareció divertido.

–Oh, mi querido señor, las noticias corren muy deprisa en un sitio como éste. ¡Tenemos tan pocas cosas de que hablar!

–Y seguramente habrán exagerado. Probablemente le habrán dicho que estoy convocando a los espíritus de la comarca y que intento emular a la bruja de Endor.

–Es bastante curioso que diga eso.

–¿Por qué?

–Porque ha corrido el rumor de que ha hecho reaparecer el espíritu de Tommy Pierce.

–¿Pierce? ¿Pierce? ¿Ese muchacho que se cayó desde una ventana?

–Sí.

–Pues no sé cómo... Claro que le hice unos comentarios al abogado... ¿cómo se llama...?, Abbot.

–Sí, la historia empezó ahí.

–No me diga que he convertido a un duro abogado en un creyente espiritista.

–Entonces, ¿usted cree en los espíritus?

–Por su tono deduzco que usted no, doctor. No, no me atreveré a decir «creo en fantasmas», aunque he oído hablar de varios fenómenos curiosos en casos de muerte violenta. Pero estoy más interesado en las supersticiones concernientes a estas muertes, por ejemplo, como la de que un hombre asesinado no puede reposar en su tumba. Hay una creencia muy interesante: dicen que la sangre de un muerto vuelve a manar si su asesino lo toca. Me pregunto cómo surgió.

–Muy curioso –dijo Thomas–. Pero no creo que haya muchas personas que lo recuerden actualmente.

–Más de las que usted supone. Claro que no creo que aquí haya muchos asesinos, así que es difícil de comprobar.

Luke había sonreído al pronunciar estas palabras, mientras sus ojos escrutaban el rostro de su interlocutor. Pero el doctor Thomas permaneció inmutable y le devolvió la sonrisa.

–No, no recuerdo que haya habido ningún asesinato desde... Oh, hace muchísimos años. Desde luego no en mi tiempo.

–No. Éste es un lugar tranquilo. Nadie obra de mala fe. A menos que alguien empujase a ese Tommy como se llame para que se cayese desde la ventana.

Luke se rió y de nuevo el doctor Thomas respondió con una sonrisa completamente natural, llena de ingenuo regocijo:

–Muchas personas le habrían retorcido el pescuezo a ese chicuelo, pero no creo que llegasen al extremo de empujarlo por una ventana.

–Parece ser que fue un chiquillo muy impertinente. Librarse de él pudo ser considerado como un beneficio para la comunidad.

–Es una lástima que no pueda aplicarse esa teoría más a menudo.

–Siempre he pensado que unos cuantos asesinatos al por mayor serían muy beneficiosos para la comunidad –dijo Luke–. Por ejemplo, el típico plasta de los clubes tendría que ser eliminado con una copa de coñac envenenado. Luego está el tipo de mujer que critica a sus mejores amigas. Solteronas anticuadas, tozudos empedernidos que se oponen al progreso... ¡Si pudiéramos suprimirlos sin dolor, cómo cambiaría la vida social!

La sonrisa del médico se amplió de oreja a oreja.

–En resumen, usted aprueba el crimen a gran escala.

–Justa eliminación. ¿No cree usted que resultaría beneficioso?

–¡Oh! Sin duda alguna.

–Ah, pero usted no habla en serio –dijo Luke–. Yo tampoco. No tengo el respeto por la vida humana de los ingleses normales. Todo hombre que es un estorbo en el camino del progreso debería ser eliminado. Ésta es mi opinión.

El médico se pasó la mano por el pelo y preguntó:

–Sí, pero ¿quién es el llamado a juzgar si un hombre es un estorbo?

–Ahí está la dificultad, naturalmente –admitió Luke.

–Los católicos considerarían que un comunista debería morir, el rojo sentenciaría a muerte al pastor como representante de la superstición y el médico al enfermo, el pacifista al soldado, y así todos.

—Tendríamos que tener un hombre de ciencia por juez. Alguien con una mentalidad libre de prejuicios y muy especializado: un médico, por ejemplo. Puestos a decir, creo que usted sería un buen juez, doctor.

—¿Para decidir los que deberían conservar la vida?

—Sí.

El doctor Thomas meneó la cabeza.

—Mi trabajo consiste en sanar al enfermo. He de admitir que a veces es una tarea muy dura.

—Sigamos con mi argumento —dijo Luke—. Consideremos a Harry Carter...

El médico preguntó con un tono incisivo:

—¿Carter? ¿Se refiere al tabernero de Las Siete Estrellas?

—Sí, ése mismo. Yo no le conocía, pero mi prima, miss Conway, habló con él. Parece ser que era un pillo redomado.

—Sí —dijo el otro—, se emborrachaba, maltrataba a su mujer e intimidaba a su hija. Era un pendenciero y un camorrista, y se había peleado con la mitad de los habitantes de este pueblo.

—En resumen, que el mundo ha mejorado desde que él murió.

—Convengo en que sí.

—Es decir, que si una persona le habría empujado para que cayese al río en vez de su amable elección de caer por su propio descuido, esa persona hubiera actuado en favor del público.

—Esos métodos que usted define —dijo el médico— los puso en práctica en... ¿cómo dijo...? ¿Mayang Straits?

Luke se echó a reír.

–Oh, no. Son teorías que nunca puse en práctica.

–No, no creo que tenga madera de asesino.

–¿Por qué no? –le preguntó Luke–. He sido bastante franco al exponerle mis puntos de vista.

–Exacto. Demasiado franco.

–¿Quiere usted decir que si fuese de los que se toman la justicia por su mano no expondría tan libremente mi opinión?

–Eso es.

–Pero pudiera ser mi evangelio y ser un fanático.

–Incluso así, su sentido de autodefensa le protegería.

–Es decir, que para encontrar a un asesino hay que buscar al tipo de hombre incapaz de matar a una mosca.

–Quizás exagere un poquito –opinó el doctor Thomas–, pero no está lejos de la verdad.

–Dígame, me interesa: ¿ha tropezado alguna vez con alguien que usted considerase un asesino?

El doctor Thomas exclamó:

–¡Vaya pregunta más extraordinaria!

–¿Sí? Después de todo, un médico conoce a muchas personas extrañas y puede descubrir, por ejemplo, los síntomas de una manía homicida antes de que se manifiesten exteriormente en el individuo.

Thomas contestó un tanto irritado:

–Usted tiene la idea general del lego sobre el maníaco homicida: un hombre que corre con un cuchillo en la mano y echa espumarajos por la boca. Permítame decirle que esa manía es la más difícil de pronosticar. Su apariencia externa puede ser la de cualquier otra persona sana, incluso la de un hombre que se asuste con facilidad, que le diga, tal vez, que tiene enemigos. Ni más ni menos. Un individuo inofensivo y pacífico.

–¿De veras?

–Claro que sí. Un lunático homicida a menudo mata, según él, en defensa propia. Pero está claro que muchos asesinos son seres tan sanos como usted o como yo.

–Doctor, ¡usted me alarma! Figúrese si usted llegara a descubrir que tengo cinco o seis muertes en mi haber.

El doctor Thomas se sonrió.

–No lo creo probable, Mr. Fitzwilliam.

–¿No? Le devuelvo el cumplido. Yo tampoco le creo capaz de haber cometido cinco o seis asesinatos.

–¿No cuenta mis fracasos profesionales? –dijo alegremente.

Los dos hombres se rieron. Luke se levantó para marcharse.

–Me temo que le he hecho perder mucho tiempo –dijo a modo de disculpa.

–¡Oh!, no estoy ocupado. Wychwood es un lugar muy saludable. Es un placer charlar con alguien de fuera.

–Me gustaría saber... –empezó a decir Luke, pero se detuvo.

–Diga.

–Miss Conway me dijo, cuando me envió a verle, que era usted un hombre..., bueno..., un hombre de primera clase. Me pregunto si no se siente como enterrado aquí. No es un lugar adecuado para su talento.

–¡Oh! Para empezar no va mal un poco de práctica general. Es una experiencia muy valiosa.

–Pero ¿usted no se contentará con vivir aquí toda la vida? Su socio, el doctor Humbleby, era un hombre sin ambición, según he oído, satisfecho con la práctica que hacía. Creo que llevaba muchos años aquí, ¿verdad?

–Prácticamente toda su vida.

–Me dijeron que dejó una hija muy bonita –dijo Luke.

Y tuvo el placer de ver cómo el color sonrosado del doctor Thomas pasaba al rojo oscuro.

–Oh, eso creo –dijo.

Luke le miró con simpatía. Le satisfizo poder borrar al doctor Thomas de la lista de sospechosos. Éste recobró el color normal y dijo bruscamente:

–Hablando de crímenes, puedo prestarle un buen libro, puesto que le interesa este particular. Está traducido del alemán. Es de Kreuzhammer y se titula *Inferioridad y crimen*.

–Gracias –respondió Luke.

El médico buscó en uno de los estantes y sacó el libro en cuestión.

–Aquí lo tiene. Algunas teorías son algo desconcertantes y, claro, aunque sólo son teorías, resultan interesantes. Por ejemplo, los primeros años de Menzheld, el carnicero de Frankfurt, como le llamaban, y el capítulo de Anna Helm, la niñera asesina, son extraordinariamente interesantes.

–Según tengo entendido, mató a doce niños antes de que la descubrieran –dijo Luke.

–Sí. Tenía una personalidad muy atractiva, le gustaban mucho los niños y, aparentemente, se le partía el corazón con cada una de sus muertes. La psicología es sorprendente.

–Lo sorprendente es cómo esa gente conseguía escabullirse –dijo Luke.

Estaban ya en la puerta y el médico salió con él.

–No tiene nada de sorprendente –dijo el médico–. Es muy sencillo.

–¿El qué?

–Escabullirse. –Él sonreía de nuevo con su sonrisa infantil–. Si uno tiene cuidado. Sólo hay que ser cuidadoso, eso es todo. Y un hombre listo, si es cuidadoso, no comete ningún error. Eso es todo lo que hay que hacer.

Volvió a sonreír y entró en la casa.

Luke permaneció unos momentos inmóvil. Había habido algo de condescendencia en la sonrisa del médico. Durante la conversación, Luke se había visto a sí mismo como un hombre maduro y al doctor Thomas como un hombre joven e ingenioso.

Por un momento, sintió que los papeles se intercambiaban. La sonrisa del médico había sido la de un adulto divertido ante la precocidad de una criatura.

9

HABLA MRS. PIERCE

En el pequeño estanco de High Street, Luke compró un paquete de cigarrillos y un ejemplar del semanario *Good Cheer*, que proporcionaba a lord Whitfield una buena parte de sus rentas. Al pasar a la sección deportiva, Luke se lamentó en voz alta de no haber ganado ciento veinte libras en las quinielas. Mrs. Pierce, dueña de la tienda, le demostró su simpatía explicándole las desilusiones que por este motivo sufría su esposo.

Una vez establecidas las relaciones amistosas por este sencillo procedimiento, no encontró dificultad en prolongar la conversación.

–Mi esposo es muy aficionado al fútbol –le dijo Mrs. Pierce–. Lee los resultados antes de las noticias y, como le digo, ¡sufre cada desilusión! No pueden ganar todos, es lo que yo le digo, y no se puede hacer nada contra la suerte.

Luke se unió de corazón a estos sentimientos y con mucha solemnidad manifestó que los males nunca vienen solos.

–Ah, no, es bien cierto, señor. Lo sé muy bien. –Mrs. Pierce exhaló un suspiro–. Y cuando una mujer tiene marido y ocho hijos –seis vivos y dos enterrados–, bien

puede decir que sabe perfectamente lo que son las preo-
cupaciones.

–Desde luego, supongo que debe de saberlo –dijo
Luke–. ¿Y dice que se le murieron dos?

–Uno de ellos no hará más de un mes –dijo Mrs. Pierce
con algo parecido a una alegría melancólica.

–¡Dios mío, cuánto lo siento!

–Fue más que triste, señor. Fue un shock. ¡Ocurrió tan
de repente! Cuando me lo dijeron, no podía creerlo. Nunca
pensé que pudiera sucederle una cosa así a Tommy, bien
puede usted decirlo porque, aunque me daba trabajo, no era
natural pensar que iban a llevársemelo. Y mi Emma Jane,
tan buenecita como era. «No podrás criarla –me decían–. Es
demasiado buena para vivir.» Y era verdad, señor. El Señor
conoce a los suyos.

Luke se apresuró a pasar de la santa Emma Jane, al no
tan santo Tommy.

–¿Y su hijo murió hace tan poco? ¿Fue un accidente?

–De accidente, sí, señor. Limpiaba las ventanas de la
antigua casona, que ahora es la biblioteca, y debió de perder el equilibrio y caer. Eran las ventanas superiores.

Mrs. Pierce se extendió un poco más sobre los detalles
del accidente.

–¿No se dice por ahí –comentó Luke sin darle mucha
importancia– que le vieron bailando en el repecho de una
ventana?

Mrs. Pierce dijo que ya se sabe cómo son los niños, y
sin duda le dio un buen susto al comandante Horton, que
era un hombre muy nervioso.

–¿El comandante Horton?

–Sí, señor, el caballero de los perros bulldog. Después
de ocurrido el accidente, dijo por casualidad que había

visto a Tommy haciendo cosas muy extrañas. Y claro, eso quiere decir que, si algo le había sorprendido repentinamente, pudo haberse caído con facilidad. La impetuosidad, señor, ése era el problema de Tommy. En muchos sentidos era una carga para mí, pero su único defecto era la excesiva curiosidad, como en cualquier otro muchacho. Puedo asegurarle que no había nada malo en él.

–No, no, claro que no. Pero a veces, ya sabe usted, Mrs. Pierce, que la gente, sobre todo las personas de mediana edad, olvidan que también ellas han sido jóvenes.

Mrs. Pierce suspiró.

–No sabe cuánta verdad hay en sus palabras, señor. Pero no puedo dejar de desear que algunos caballeros, que no nombro, tengan remordimientos de cómo trataron al pobre niño sólo porque era demasiado alegre.

–Les gastaba algunas jugarretas a sus jefes, ¿verdad? –preguntó Luke con una sonrisa de indulgencia.

La madre respondió en el acto:

–Ésa era toda su diversión. Tommy era un buen imitador. Nos hacía desternillar de risa cuando imitaba a Mr. Ellsworthy en su tienda de antigüedades, o al sacristán, el viejo Mr. Hobbs. Y una vez que estaba imitando a Su Señoría ante el regocijo de los dos jardineros, apareció él en persona y le despidió. Naturalmente, era de esperar y, después de todo, Su Señoría no le guardó rencor y le ayudó a encontrar otro empleo.

–Pero otras personas no fueron tan magnánimas, ¿verdad?

–No, señor. Y no nombro a nadie. Nadie lo pensaría al ver a Mr. Abbot, tan amable y siempre con un chiste o una palabra cariñosa a punto.

–¿Tommy tuvo problemas con él?

–Estoy segura de que mi hijo no tenía mala intención –respondió Mrs. Pierce–. Y después de todo, si un papel es un documento de interés y no quieren que sea visto, no deberían dejarlo sobre una mesa. Eso es lo que yo digo.

–¡Oh, cierto! –dijo Luke–. Los documentos de importancia deben guardarse con sumo cuidado, sobre todo en el despacho de un abogado.

–Eso mismo, señor. Ésa es mi opinión y la de mi marido. Y además, Tommy apenas pudo leer nada.

–¿De qué se trataba? ¿Algún testamento? –quiso saber Luke.

Pensó con bastante lógica que preguntar sobre el tipo del documento levantaría las sospechas de Mrs. Pierce, pero aquella pregunta directa tuvo una respuesta inmediata.

–Oh, no, señor. Nada de eso. En realidad, no tenía importancia. Era una carta particular, de una señora, pero Tommy ni siquiera pudo leer el nombre. Tanto revuelo por nada, eso es lo que yo digo.

–Mr. Abbot debe ser de esos hombres que se ofenden con facilidad –dijo Luke.

–Y no lo parece, ¿verdad? Como ya le dije, siempre tiene una conversación muy agradable. Pero es bien cierto que es un hombre difícil de manejar, y que él y el doctor Humbleby discutieron poco antes de que el pobre muriera. No debió ser muy agradable para Mr. Abbot. Porque cuando alguien muere, uno quisiera olvidar las palabras que le dijo y poder retirarlas.

Luke asintió y murmuró:

–Cierto, muy cierto. –Y prosiguió–: ¡Qué coincidencia! Tuvo unas palabras con el doctor Humbleby y éste muere, se enfada con Tommy y también fallece. Me atrevo a decir que esta experiencia hará que en adelante Mr. Abbot tenga cuidado con su lengua.

–Y además, Harry Carter, el de Las Siete Estrellas –le dijo Mrs. Pierce–. Tuvieron una discusión muy violenta y, ni una semana después, Carter se ahogó, aunque no hay que echarle la culpa a Mr. Abbot. La ofensa fue por parte de Carter: se fue a casa de Mr. Abbot en plena borrachera y, a voz en grito, le insultó. La pobre Mrs. Carter vivía un calvario y la muerte de Mr. Carter ha sido un gran alivio por lo que a ella respecta.

–Dejó una hija, ¿verdad?

–Ah –dijo Mrs. Pierce–, no me gustan las habladurías.

Esta salida era inesperada, pero prometedora. Luke aguzó el oído y aguardó.

–Yo digo que sólo son habladurías. Lucy Carter es una muchacha muy bonita en su estilo y, a no ser por la diferencia social, no habría habido ningún comentario. Pero se habló mucho, y no puedo negarlo, sobre todo después de que Carter fue a su casa y se puso a gritar y maldecir.

Luke trató de asimilar el significado de aquel confuso discurso.

–Mr. Abbot parece capaz de apreciar la belleza de una muchacha.

–Es lo normal en los caballeros –dijo Mrs. Pierce–. Eso no significa nada, sólo una palabra o dos al pasar por su lado. Pero los caballeros son los caballeros y la gente se fija. Es lo que se espera de ellos en un sitio como éste.

–Es un lugar muy bonito –le dijo él– e inmaculado.

–Eso es lo que dicen todos los artistas, pero yo creo que estamos algo atrasados. No tenemos ni un solo edificio digno de mención. En Ashevale, por ejemplo, tienen muchas casas nuevas y encantadoras, algunas con tejados verdes y vidrieras de colores.

Luke se estremeció.

—Tienen ustedes un gran instituto.

—Dicen que es un edificio muy bonito —dijo la mujer sin gran entusiasmo—. Claro está que Su Señoría ha hecho mucho por el pueblo. Todos conocemos su buena voluntad.

—Pero ¿usted no cree que sus esfuerzos hayan tenido mucho éxito? —dijo Luke regocijado.

—Pues bien, señor, está claro que él no pertenece a la clase alta como miss Waynflete o miss Conway, por ejemplo. El padre de lord Whitfield tenía una zapatería a un paso de aquí. Mi madre se acuerda de Gordon Ragg cuando despachaba en la tienda. Claro que ahora es lord y muy rico, pero no es lo mismo, ¿verdad, señor?

—Evidentemente, no —manifestó su interlocutor.

—Me perdonará que le diga una cosa. Ya sé que vive en Ashe Manor y que está escribiendo un libro, pero es primo de miss Bridget y eso es distinto. Estaremos muy satisfechos de volver a verla como dueña de su antigua casa.

—Me alegro —dijo Luke.

Pagó el importe de los cigarrillos y la revista con bastante precipitación.

Pensó en su interior: «¡El elemento personal! Uno debe apartarse de él. Diablos, estoy aquí para atrapar a un criminal. ¿Qué me importa a mí que se case o no se case esa bruja de cabellos negros? Ella no entra en este asunto para nada».

Caminó despacio por la calle y, con un esfuerzo, apartó a Bridget de sus pensamientos.

«Ahora veamos —se dijo—. Abbot. Probabilidades contra

Abbot. Le he relacionado con tres de las víctimas. Tuvo una pelea con Humbleby, Carter y Tommy, y los tres murieron. ¿Qué hubo entre él y Amy Gibbs? ¿Qué carta vio el endiablado chiquillo? ¿Supo de quién era o no? Pudo habérselo ocultado a su madre. Supongamos que sí. Supongamos que Abbot creyera necesario cerrarle la boca. ¡Es posible! Eso es todo lo que puedo decir: ¡Que es posible! ¡Pero no es suficiente!»

Luke apresuró el paso y miró a su alrededor con repentina exasperación.

«Este condenado pueblo me saca de quicio. Tan sonriente y pacífico, tan inocente, y con un loco criminal suelto por ahí. ¿O seré yo el loco? ¿Estaría loca Lavinia Pinkerton? Después de todo, pudieron ser sólo coincidencias, la muerte de Humbleby y todo lo demás.»

Volvió la cabeza para contemplar High Street en toda su extensión y le asaltó un sentimiento de irrealidad.

Se dijo a sí mismo:

«Esas cosas no ocurren.»

Luego alzó la mirada y contempló la línea irregular de Ashe Ridge y la sensación de irrealidad desapareció en el acto. Ashe Ridge era real, habían sucedido muchas cosas extrañas en el lugar, brujería y crueldad, ceremonias sanguinarias y ritos malvados.

Tuvo un sobresalto. Vio a dos figuras que paseaban por la ladera y las reconoció fácilmente: eran Bridget y Ellsworthy. El joven gesticulaba con aquellas manos extrañas y repugnantes, inclinando su cabeza hacia Bridget. Parecían dos personajes salidos de un sueño. Daban la sensación de que no hacían ruido al caminar. Vio el cabello negro que ondeaba al viento, y de nuevo se sintió preso de su poder mágico.

«Embrujado, eso es, estoy embrujado», se dijo interiormente.

Y se quedó inmóvil, mientras un extraño entumecimiento se apoderaba de él. Pensó abatido:

«¿Quién romperá el hechizo? Nadie.»

10

ROSE HUMBLEBY

Un ligero ruido a sus espaldas le hizo volverse rápidamente. Se encontró ante una muchacha muy hermosa, de cabellos castaños y rizados y ojos azules, de tímido mirar, que antes de hablar enrojeció avergonzada.

–¿Es usted Mr. Fitzwilliam? –preguntó.

–Sí, yo...

–Soy Rose Humbleby. Bridget me ha dicho que usted conoció a unos amigos de mi padre.

Luke tuvo el acierto de sonrojarse bajo su tostada piel.

–Eso fue hace mucho tiempo –dijo sin mucha convicción–. Lo conocieron en su juventud, antes de su matrimonio.

–¡Ah, ya!

Rose Humbleby pareció algo desilusionada, pero:

–Está escribiendo un libro, ¿verdad?

–Sí. Tomo notas para una obra sobre supersticiones.

–Me parece muy interesante.

–Probablemente será muy aburrida.

–¡Oh, no! Estoy segura de que no.

Luke le sonrió mientras pensaba: «El doctor Thomas es un hombre de suerte».

–Existen ciertas personas –dijo en voz alta– capaces de

convertir el tema más apasionante en insoportable. Me temo que yo soy una de ellas.

–¿Por qué habría de serlo?

–No lo sé. Tengo esa convicción.

–Usted debe de ser de los que convierten un tema aburrido en uno terriblemente apasionante.

–Ésa es una opinión muy amable. Gracias.

Rose Humbleby le preguntó con una sonrisa:

–¿Usted cree en las supersticiones?

–Ésa es una pregunta difícil de contestar. No son cosas que van ligadas. Uno puede interesarse por ciertas cosas y no creer en ellas.

–Sí, puede que sí –respondió la joven con tono de duda.

–¿Es supersticiosa?

–No. No creo. Pero opino que los acontecimientos vienen a rachas.

–¿A rachas?

–Quiero decir que hay rachas de buena o mala suerte. Creo que, desde un tiempo a esta parte, Wychwood está bajo el signo de la desgracia. La muerte de mi padre, el atropello de miss Pinkerton y ese muchacho que se cayó de la ventana. Empiezo a sentir como si odiase este lugar, como si debiera marcharme.

Su respiración se aceleró mientras Luke la contemplaba pensativo.

–¿Así que es eso lo que siente?

–¡Oh, sé que parece una tontería! Supongo que es por la repentina muerte de mi padre. Fue tan rápida. –Se estremeció–. Y luego miss Pinkerton. Ella dijo...

La muchacha hizo una pausa.

–¿Qué es lo que dijo? Era una dama muy simpática, muy parecida a una tía mía.

–Oh, ¿usted la conocía? –El rostro de Rose se iluminó–. Yo la apreciaba mucho y ella a mi padre. Pero a veces me pregunto si no sería lo que vulgarmente se dice «un pájaro de mal agüero».

–¿Por qué?

–Porque es extraño. Parecía temerosa de que fuese a sucederle algo a papá. Casi me previno, sobre todo de los accidentes. Y aquel mismo día, antes de ir a la ciudad, se mostró tan alterada que incluso temblaba. Creo sinceramente, Mr. Fitzwilliam, que era una de esas personas que presienten lo que va a suceder. Sabía lo que le iba a suceder y también debía de saber lo que le pasaría a papá. ¡Me asustan tanto esas cosas!

La muchacha se aproximó un poco más a él.

–Algunas veces puede preverse el futuro –dijo Luke–, pero eso no es siempre algo sobrenatural.

–No. Puede ser que sea natural, una facultad de la que carece la mayoría. Pero aunque así sea, me preocupa.

–No debe angustiarse –dijo Luke con gentileza–. Recuerde que ya pasó todo. ¿De qué sirve mirar hacia atrás? Hay que mirar hacia el futuro.

–Lo sé. Pero aún hay más, ¿sabe? –Rose vacilaba–. Hay algo más, algo que se refiere a su prima.

–¿Mi prima? ¿Bridget?

–Sí. Miss Pinkerton estaba preocupada por ella. Siempre me preguntaba cosas. Creo que también temía por ella.

Luke se volvió en redondo para escudriñar la ladera. Le embargaba un sentimiento de temor. ¡Bridget se hallaba sola con el hombre cuyas manos tenían el tono verdoso de la carne en descomposición! ¡Imaginaciones, todo eran imaginaciones! Ellsworthy era un inofensivo aficionado que jugaba a ser tendero.

Como si leyera sus pensamientos, Rose preguntó:

–¿Le gusta a usted Mr. Ellsworthy?

–Categóricamente, no.

–A Geoffrey, ya sabe, al doctor Thomas, tampoco.

–¿Y a usted?

–¡Oh, no, es terrible! –Ella se aproximó más–. Se habla mucho de él. Me dijeron que hizo una extraña ceremonia en el prado de las Brujas, a la que asistieron muchos de sus amigos de Londres. Son gente muy rara, y a Tommy Pierce le hicieron hacer de acólito.

–¿Tommy Pierce? –preguntó Luke.

–Sí. Llevaba sobrepelliz y sotana roja.

–¿Cuándo fue?

–Oh, hace algún tiempo, creo que en marzo.

–Parece ser que Tommy Pierce estaba mezclado en todos los acontecimientos de este pueblo.

–Era muy entrometido. Siempre tenía que saber todo lo que hacías.

–Probablemente, al final sabía demasiado –dijo él con tono severo.

Rose no captó el exacto significado de las palabras.

–Era un niño bastante antipático. Le gustaba hacer travesuras y maltratar a los perros.

–Vaya, parece que era uno de esos niños cuya desaparición casi hay que celebrar.

–No, eso no. Fue muy doloroso para su madre.

–Creo que le quedan cinco más para consolarse. Tiene una buena lengua esa mujer.

–¿Verdad que habla mucho?

–Después de comprarle unos cigarrillos, creo que me sé la vida y milagros de cada habitante de este lugar.

Rose dijo tristemente:

–Eso es lo peor de un sitio como éste. Todo el mundo conoce la vida de los demás.

–¡Oh, no! –respondió Luke.

Ella le miró interrogadoramente y él aclaró:

–Ningún ser humano conoce a fondo todo lo referente a otra persona.

El rostro de Rose se ensombreció y un ligero estremecimiento recorrió su cuerpo.

–No –dijo despacio–. Creo que tiene mucha razón.

–Ni siquiera sobre las más cercanas y más queridas –prosiguió Luke.

–Ni siquiera... –Hizo una pausa–. Oh, sí, es cierto. Pero preferiría que no dijera esas cosas que me asustan, Mr. Fitzwilliam.

–¿La he asustado?

Ella asintió y entonces se volvió bruscamente:

–Debo marcharme. Si... si no tiene nada mejor que hacer, quiero decir que, si puede, venga a vernos. A mi madre le gustará... Seguro que le gustará verle, ya que ha conocido a amigos de mi padre.

Y lentamente, con la cabeza inclinada, como si algún pesar la obligara a hacerlo, tomó el camino de regreso.

Luke la miró marchar mientras una oleada de ternura le invadía, transmitiéndole el deseo de cuidar y proteger a aquella muchacha.

«¿Contra qué?» Haciéndose esta pregunta, sacudió la cabeza con un movimiento de impaciencia. Era cierto que Rose Humbleby acababa de perder a su padre, pero tenía madre y estaba prometida con un hombre joven y atractivo plenamente facultado para cuidar de ella. Entonces, ¿por qué él, Luke Fitzwilliam, se veía asaltado por aquel complejo de protección?

«El viejo sentimentalismo de vuelta a la actualidad –pensó Luke–. ¡La mujer necesitada de protección! Lo que estuvo de moda durante la época victoriana y la del rey Eduardo, y todavía está dando coletazos durante lo que nuestro amigo lord Whitfield llamaría la prisa y vorágine de la vida moderna.»

«De todas formas –se dijo a sí mismo mientras caminaba hacia la colina–, esa chica me gusta. Es demasiado buena para Thomas, ese diablo frío y engreído.»

El recuerdo de la última sonrisa del médico vino a su memoria. ¡Decididamente era presuntuosa y de autocomplacencia!

Un rumor de pasos, un poco más arriba, le distrajo de sus meditaciones un tanto enojosas. Alzó la mirada y vio a Mr. Ellsworthy que bajaba de la colina. Tenía la mirada baja y sonreía. Su expresión impresionó desagradablemente a Luke. Ellsworthy más que caminar parecía bailar como un hombre que sigue el ritmo de una tonadilla diabólica metida en la cabeza. La sonrisa era un rictus extraño y mostraba una astucia que resultaba claramente desagradable.

Luke se detuvo. Ellsworthy no le vio hasta que llegó ante él. Sus ojos, inquietos y maliciosos, se encontraron con los del otro hombre y pasaron unos instantes antes de que le reconociera.

Entonces se operó un cambio completo en él, o por lo menos eso le pareció a Luke. Donde unos momentos antes viera la maldad de un sátiro, quedó sólo un hombre afeminado y pedante.

–Buenos días, Mr. Fitzwilliam.

–Buenos días –contestó Luke–. ¿Ha estado admirando las maravillas de la naturaleza?

Las manos largas y pálidas de Mr. Ellsworthy se alzaron en un gesto de reproche.

–¡Oh, no, no! Desde luego que no. Aborrezco la naturaleza. ¡Qué cosa más vulgar! Siempre he sostenido que no se puede gozar de la vida hasta que se pone a la naturaleza en su sitio.

–¿Y cómo dice usted que se hace eso?

–¡De muchas maneras! –respondió Mr. Ellsworthy–. En un sitio como éste, encantadoramente provinciano, existen muchas otras diversiones deliciosas si uno tiene buen gusto. Yo disfruto de la vida, Mr. Fitzwilliam.

–Yo también –respondió Luke.

–*Mens sana in corpore sano* –dijo Ellsworthy con ligera ironía–. Supongo que éste debe ser el lema. ¿No es cierto?

–Hay cosas peores.

–¡Mi querido amigo! La cordura es un fastidio terrible. Uno debería estar loco, deliciosamente loco... y ser perverso, un tanto retorcido. Entonces es cuando se ve la vida desde un ángulo nuevo y fascinante.

–La mirada del leproso –sugirió Luke.

–Ah, muy bueno, muy bueno, muy ingenioso. Pero tiene algo, ¿sabe? Un punto de vista muy interesante, pero no debo entretenerle. Está usted haciendo ejercicio, hay que hacer ejercicio, ése es el espíritu de la escuela pública.

–Así es –dijo Luke y, con una inclinación de cabeza, prosiguió su camino mientras pensaba: «Me estoy volviendo demasiado imaginativo. Este individuo es un estúpido, eso es todo».

Pero una inexplicable inquietud le hizo apresurar el paso. La sonrisa extraña, taimada, triunfante, que vio en el rostro de Ellsworthy, ¿era sólo producto de su imaginación? ¿Y el cambio que sufrió en el momento que vio aproximarse a Luke? ¿A qué venía? Y pensó con desasosiego: «¿Y Bridget? ¿Estará a salvo? Antes los vi juntos y ahora bajaba él solo».

Echó a correr. El sol, que había salido mientras hablaba con Rose Humbleby, se ocultaba de nuevo. El cielo aparecía oscuro y amenazador, y el viento soplaba a ráfagas intermitentes. Era como haberse escapado de la vida normal y entrado en un extraño mundo encantado, de cuya existencia tuviera conocimiento desde su llegada a Wychwood.

Dobló un recodo y llegó hasta el prado de hierba verde que le habían mostrado desde abajo, y que llevaba el nombre de prado de las Brujas. Allí era donde, según la tradición, celebraban sus orgías la noche de Walpurgis y de Halloween.

Un suspiro de alivio brotó de sus labios. Bridget estaba allí sentada, con la espalda apoyada en una roca, y la cabeza entre las manos.

Casi corriendo, se acercó a ella. El césped mullido parecía más verde y fresco.

–¿Bridget?

Ella alzó lentamente el rostro. Su expresión le preocupó. Parecía despertar de un sueño remoto, como si le costase adaptarse al mundo que la rodeaba.

Luke le dijo con cierta torpeza:

–Está usted bien, ¿no es cierto?

Pasaron unos momentos antes de su respuesta, como si todavía no hubiese despertado del todo. Luke sintió que sus palabras habían viajado muy lejos antes de llegar a ella.

–Claro que estoy bien. ¿Por qué no habría de estarlo?

Su voz denotaba una frialdad casi hostil.

–Que me ahorquen si lo sé. De pronto, se me ocurrió pensarlo.

–¿Por qué?

–Principalmente, ese ambiente de tragedia en que vivo en la actualidad. Todo me parece fuera de lo normal. Si la pierdo de vista durante unas horas, me imagino que voy a encontrarla muerta en una cuneta. Eso pasa en las comedias y en las novelas.

–La protagonista nunca muere –dijo Bridget.

–No, pero...

Luke se detuvo a tiempo.

–¿Qué es lo que iba a decir?

–Nada.

Gracias a Dios que había callado a tiempo. No debe decirse nunca a una mujer joven y bonita: «Pero usted no es la protagonista».

Bridget añadió:

–Son secuestradas, hechas prisioneras, se las deja morir en una alcantarilla o en un sótano lleno de agua. Pero nunca les pasa nada.

–Ni siquiera se esfuman –dijo Luke, y continuó–: ¿Con que éste es el prado de las Brujas?

–Sí.

Él la miró.

–Sólo le falta una escoba –le dijo con gentileza.

–Gracias. Mr. Ellsworthy dijo lo mismo.

–Me lo acabo de encontrar –le explicó.

–¿Ha hablado con él?

–Sí. Creo que intentó provocarme.

–¿Y lo consiguió?

–Sus métodos fueron bastante infantiles. –Hizo una pausa y luego continuó con brusquedad–. Es un individuo muy extraño. Unas veces parece que es estúpido y otras me pregunto si no será algo más.

–¿También usted piensa así?

–¿Entonces está de acuerdo?

–Sí.

Luke esperó.

–Hay algo raro en él –añadió la muchacha–. ¿Sabe? Yo también quisiera saberlo. La otra noche me desperté pensando en todo este asunto. Me pareció que si aquí hay un asesino, yo debería saber quién es. Quiero decir por vivir en este lugar. Y pensé y pensé hasta llegar a esta conclusión. Si existe ese asesino, debe de estar loco.

Al recordar lo que le había dicho el doctor Thomas, Luke preguntó:

–¿No cree que un criminal puede estar tan cuerdo como usted y yo?

–Esa clase de asesino, no. Según lo veo yo, tiene que estar loco. Y naturalmente, eso me llevó a pensar en Ellsworthy. De todas las personas que conozco, él es el más extraño. ¡Eso no puede negarse!

Luke respondió con cierta vacilación:

–Existen muchos como él, aficionados, presuntuosos, por lo general completamente inofensivos.

–Sí, pero yo creo que es algo más que todo eso. ¡Tiene unas manos tan repulsivas!

–¿Lo ha notado? ¡Qué curioso! Yo también.

–No son blancas sino verdosas.

–Producen ese efecto. De todas formas, no se puede pensar que sea un asesino sólo por el color de su carne.

–Oh, es muy cierto. Lo que necesitamos son pruebas.

–¡Pruebas! –repitió Luke–. Precisamente eso es lo que no tenemos. Ha ido con mucho cuidado. ¡Un asesino cauteloso! ¡Debemos buscar a un lunático cauteloso!

–He tratado de ayudarle –dijo Bridget.

–¿Se refiere a su conversación con Ellsworthy?

–Sí. Pensé que tal vez me contaría más cosas que a usted y lo intenté.

–Cuénteme.

–Pues bien, parece ser que tiene un grupo, una pandilla de amigos indeseables. De cuando en cuando, vienen aquí a celebrar algo.

–¿Se refiere a eso que llaman orgías innombrables?

–Innombrables no sé, pero desde luego orgías. En realidad, eso suena a tontería e infantilismo.

–Supongo que adoran al diablo y que ejecutan danzas obscenas.

–Algo por el estilo. Al parecer se divierten mucho.

–Yo puedo añadir algo –dijo Luke–. Tommy Pierce participó en una de esas ceremonias como acólito. Llevaba una sotana roja.

–¿Así que él lo sabía?

–Sí. Y acaso eso explique su muerte.

–¿Insinúa que habló de ello?

–Sí, o que tal vez intentara chantajear a alguien.

Bridget respondió pensativa:

–Sé que todo parece fantástico, pero si se aplica a Ellsworthy, no lo es tanto.

–No, de acuerdo. Parece posible en vez de irreal.

–Hemos encontrado una relación entre dos de las víctimas –dijo la muchacha–: Tommy Pierce y Amy Gibbs.

–Pero ¿y Humbleby y el tabernero?

–Por el momento, no veo conexión alguna.

–El tabernero no, pero puedo suponer un motivo que justificase la muerte de Humbleby. Era médico y pudo haber descubierto el estado mental de Ellsworthy.

–Sí, es posible.

Bridget se echó a reír.

—Esta mañana he representado muy bien mi papel y, al parecer, mi capacidad psíquica es grande, y cuando le dije que una de mis tatarabuelas había escapado de milagro de ser quemada en la hoguera acusada de brujería, mis méritos aumentaron vertiginosamente. Creo que me invitará a participar en las orgías en la próxima reunión de los juegos satánicos.

—Bridget, por lo que más quiera, tenga cuidado.

Ella le miró sorprendida, mientras Luke se ponía de pie.

—Acabo de ver a la hija de Humbleby. Hablamos de miss Pinkerton. Y me dijo que miss Pinkerton estaba angustiada por usted.

Bridget, que se disponía a levantarse, se quedó inmóvil.

—¿Cómo dice? ¿Miss Pinkerton angustiada por mí?

—Eso es lo que me dijo Rose Humbleby.

—¿Eso dijo?

—Sí.

—¿Y algo más?

—No.

—¿Está seguro?

—Completamente.

Hubo una pausa y, al fin, Bridget dijo:

—Comprendo.

—Miss Pinkerton se inquietó por Humbleby y éste falleció. Y ahora, al oír decir que también temía por usted...

Bridget se echó a reír y sacudió la cabeza hacia atrás, de modo que sus cabellos flotaron alrededor de su rostro.

—No se inquiete por mí. El diablo protege a los suyos.

11

LA VIDA HOGAREÑA DEL COMANDANTE HORTON

Luke se recostó contra el respaldo de la butaca que ocupaba ante la mesa del director del banco.

–Bien, creo que todo está arreglado. Temo haberle entretenido demasiado.

Mr. Jones hizo un gesto con la mano, al mismo tiempo que en su rostro aparecía una expresión satisfecha.

–De ninguna manera, Mr. Fitzwilliam. Éste es un lugar tranquilo, ya sabe. Siempre nos complace hablar con un forastero.

–Es un pueblo que me fascina –respondió Luke–. ¡Tiene tantas supersticiones!

Mr. Jones suspiró y afirmó que se necesitaba mucho tiempo para que la educación desarraigara las supersticiones. Luke observó que se daba demasiada importancia a la educación en la actualidad, cosa que sorprendió a Mr. Jones.

–Lord Whitfield ha sido un gran bienhechor de este pueblo –le dijo–. Comprende las desventajas que él mismo tuvo que soportar durante su infancia, y quiere que la juventud de hoy en día esté bien educada.

–Esas desventajas no le han impedido amasar una gran fortuna –puntualizó Luke con aplomo.

—No, ha sido muy hábil..., mucho.

—O ha tenido suerte —objetó Luke.

Mr. Jones pareció extrañarse.

—La suerte es lo único que cuenta —opinó Luke—. Tomemos por ejemplo a un asesino. ¿Qué es lo que hace que a un asesino no lo atrapen? ¿Es la destreza o la maldita suerte?

Mr. Jones tuvo que admitir que era probablemente la suerte.

Luke prosiguió:

—Consideremos a ese hombre, Carter, el tabernero. Se emborrachaba seis días de cada siete, y llega una noche en que se cae desde el puente al río. Pura mala suerte.

—Para algunas personas fue buena suerte —dijo el director.

—¿Qué quiere decir?

—Que fue una suerte para su mujer y su hija.

—Oh, sí, desde luego.

Un empleado llamó a la puerta y entró con unos papeles. Luke puso un par de firmas y le entregaron un talonario de cheques. Acto seguido, se puso de pie.

—Bueno, celebro que esté todo arreglado. He tenido algo de suerte en el Derby de este año. ¿Usted no apuesta?

Mr. Jones respondió con una sonrisa que él no acostumbraba apostar, y agregó que su mujer tenía muy mala opinión de las carreras de caballos.

—Entonces supongo que no fue al Derby.

—Desde luego que no.

—¿Va alguien de aquí?

—El comandante Horton, que es muy aficionado a las carreras. Y Mr. Abbot ese día siempre hace fiesta. Pero esta vez no apostó por el ganador.

–No creo que acierten muchos –respondió Luke, y salió a la calle tras intercambiar las frases rituales de despedida.

Al salir del banco, encendió un cigarrillo. No veía razón, aparte de su teoría de «la persona menos probable», para conservar a Mr. Jones en la lista de los sospechosos. No mostró ninguna reacción interesante ante sus preguntas. Parecía casi imposible considerarle un criminal. Además, no estuvo ausente el día del Derby. Pero no había malgastado el tiempo, porque le había proporcionado dos informaciones: el comandante Horton y el abogado Mr. Abbot se ausentaron de Wychwood el día del Derby y, por tanto, cualquiera de los dos podría haber estado en Londres en el preciso momento en que miss Pinkerton moría atropellada por un automóvil.

A pesar de no sospechar del doctor Thomas, habría preferido saber positivamente que este último no estuvo ocupado en los trabajos de su profesión en aquel preciso día, y se propuso comprobarlo.

Quedaba Ellsworthy. ¿Habría estado en el Derby? De ser así, se debilitaban sus sospechas de que fuera el asesino. Era posible que la muerte de miss Pinkerton no fuese ni más ni menos que un accidente. En el acto rechazó esta teoría. Su defunción fue demasiado oportuna para ser casual.

Luke montó en su coche y se dirigió al garaje Pipwell, situado al otro extremo de High Street. Quería que le arreglasen algunos defectillos del motor.

Un mecánico joven y bien parecido le atendió. Su rostro pecoso denotaba inteligencia. Levantaron el capó y se absorbieron en una discusión técnica.

Una voz llamó:

–Jimmy, ven un momento.

El mecánico de cara pecosa obedeció.

Jimmy Harvey. Exacto. Jimmy Harvey, el novio de Amy Gibbs. Volvió al cabo de un rato y reanudaron la conversación técnica. Luke se avino a dejar el coche en el garaje.

–¿Qué tal le ha ido en el Derby esta temporada? –preguntó cuando ya se marchaba.

–Mal, señor. Aposté por *Clarigold*.

–No hubo muchos que apostaran por *Jujube II*, el ganador.

–Desde luego, señor. Ni creo que ningún periódico lo citara como posible ganador.

Luke meneó la cabeza.

–Las carreras son un juego de azar. ¿Ha estado alguna vez en el Derby?

–No, señor. Y me gustaría. Este año le pedí fiesta al patrón. Había un billete barato de ida y vuelta a Epsom, pero no quiso ni oír hablar de ello. Estamos faltos de personal, ésa es la verdad, y aquel día tuvimos mucho trabajo.

Luke asintió y esta vez se fue.

Jimmy Harvey fue también eliminado de su lista. Aquel muchacho de cara simpática no podía ser el asesino, ni pudo haber matado a Lavinia Pinkerton.

Regresó a casa por el camino del río donde, como la otra vez, se encontró al comandante Horton con sus perros. El comandante seguía dando órdenes a sus bulldogs: «Augusto... Nelly... Nelly, ¿no me oyes? Nero... Nero... Nero...».

También esta vez los ojos saltones le miraron con descaro. Pero la cosa no quedó ahí. El militar dijo:

–Perdóneme, Mr. Fitzwilliam, ése es su nombre, ¿verdad?

–Sí.

–Yo soy Horton..., el comandante Horton. ¿Sabe? Mañana nos veremos en Ashe Manor. Jugaremos al tenis. Miss Conway ha tenido la gentileza de invitarme. Es prima suya, ¿verdad?

–Sí.

–Eso pensé. En un sitio como éste en seguida se nota una cara nueva, ¿sabe?

Al llegar a este punto, sufrieron una interrupción. Los tres perros se las tenían con un chucho callejero.

–Augusto... Nero... Venid aquí os digo.

Cuando los dos bulldogs obedecieron su orden de mala gana, el comandante Horton reanudó la conversación. Luke acariciaba a Nelly, que le miraba tristemente.

–Hermosos perros, ¿no le parece? Me gustan los bull-dogs –dijo el comandante–. Siempre tengo alguno. Los prefiero a cualquier otra raza. Mi casa está cerca, venga conmigo, le invito a una copa.

Luke aceptó, y los dos hombres caminaron juntos en tanto el comandante Horton hablaba sobre los canes que había tenido y que prefería.

Luke supo de los premios que había ganado Nelly y del injusto comportamiento de un juez que sólo le dio una medalla a Augusto, y de los triunfos de Nero.

Ya habían llegado a la casa del comandante. Éste abrió la puerta principal, la cual no estaba cerrada con llave, y entraron. Tras acompañarle hasta la salita, que olía a perro, el comandante preparó las bebidas. Luke miró a su alrededor. La habitación tenía varias estanterías de libros, fotografías de canes, ejemplares de *Field* y *Country Life* y un par de cómodos sillones. Sobre las librerías se veían varios trofeos de plata y un gran cuadro sobre la chimenea.

–Era mi mujer –dijo el comandante al notar la dirección de la mirada de Luke–. Una mujer extraordinaria. Puede verse en su rostro que tenía mucho carácter. ¿No le parece?

–Sí, desde luego –respondió Luke mirando el retrato.

El pintor la había representado vestida de raso color rosa y con un ramo de lirios silvestres entre las manos. Sus cabellos castaños estaban partidos sobre la frente y los labios fuertemente apretados. Sus ojos, grises y fríos, parecían mirar airados y retadores.

–Una mujer extraordinaria –repitió el comandante tendiéndole un vaso a su invitado–. Murió hace un año. Desde entonces, soy otro hombre.

–¿De veras? –dijo Luke sin saber qué decir.

–Siéntese –invitó el otro, indicándole uno de los sillones.

Él se instaló en el otro y tomó un trago de whisky con soda.

–No –volvió a decir–, no he vuelto a ser el mismo de antes.

–Debe de echarla mucho de menos –dijo Luke.

El comandante meneó la cabeza tristemente.

–El hombre necesita una esposa para mantenerse a tono –dijo–. De otro modo, se vuelve uno débil. Sí, débil. Uno se abandona por completo.

–Pero probablemente...

–Muchacho, sé de lo que hablo. Tal vez el matrimonio sea un poco duro al principio. Uno se dice: «¡Maldita sea, no puedo hacer lo que me viene en gana!». Pero se acostumbra. Es cuestión de disciplina.

Luke pensó que la vida matrimonial del comandante Horton debía de haber sido más parecida a una campaña militar que a un idilio arrobador.

–Las mujeres –añadió Horton– son muy extrañas. Aparentemente nada las satisface. Pero, ¡diablos!, saben mantener a raya a los hombres.

Luke guardó un silencio respetuoso.

—¿Está usted casado? —le preguntó con curiosidad el militar.

—No.

—¡Ah, ya se casará! Y como le digo, muchacho, no hay nada mejor que el matrimonio.

—Es consolador oír hablar a alguien bien de ese estamento —dijo Luke—, especialmente en estos tiempos en los que hay tantos divorcios.

—¡Bah! —respondió el comandante—. Los jóvenes me enferman. No tienen fibra, ni paciencia. No son capaces de soportar nada. ¡Carecen de entereza!

Luke estuvo a punto de preguntar por qué se requería una entereza especial, pero se contuvo.

—Como le decía —seguía diciendo Horton—, Lydia era una mujer entre mil. ¡Entre mil! Todo el mundo la quería y respetaba.

—¿De veras?

—No podía soportar ninguna impertinencia. Tenía un modo tan particular de mirar a la gente, que la persona en cuestión acababa por marcharse con el rabo entre las piernas. Esas muchachas medio tontas que se hacen llamar doncellas creen que pueden permitirse ciertas insolencias, pero Lydia pronto sabía meterlas en cintura. ¿Sabe usted cuántas cocineras y camareras tuvimos al cabo de un año? ¡Quince!

Luke pensó que no era precisamente un tributo a Mrs. Horton por el buen gobierno de su casa, pero viendo que su anfitrión no pensaba así, se abstuvo de hacer comentarios.

–Si no eran de su agrado, las despedía en el acto.

–¿Siempre sucedía así? –preguntó Luke con interés.

–Pues verá, algunas veces eran ellas las que querían irse. ¡Menos disgustos, como decía Lydia!

–Pero, ¿no le resultaba algo molesto? –preguntó Luke.

–¡Oh! A mí no me importa hacerme las cosas –dijo Horton–. Soy bastante buen cocinero y sé encender un fuego mejor que nadie. No me importa lavar los platos cuando hay que hacerlo, si no hay más remedio.

Luke asintió. Luego quiso saber si Mrs. Horton era diestra en las tareas domésticas.

–Yo no soy de esos hombres que consienten que sus mujeres trabajen para ellos. Y de todas formas, Lydia era demasiado delicada para hacer las faenas de la casa.

–¿No era muy fuerte?

El comandante Horton meneó la cabeza.

–Tenía un alma maravillosa. ¡Lo que sufrió la pobre! Ni siquiera tuvo la simpatía de los médicos. Son unos brutos. Sólo comprenden las dolencias físicas. Cualquier cosa que se salga de lo corriente está fuera de sus conocimientos. Humbleby, por ejemplo. Todo el mundo cree que era un buen médico.

–¿Usted no?

–Ese hombre era un completo ignorante. Desconocía los adelantos modernos. ¡Dudo que hubiese oído hablar de la neurosis! Supongo que entendía de huesos rotos, sarampión y paperas, pero nada más. Finalmente tuve una discusión con él. No entendía el caso de Lydia. Se lo dije y no le gustó. Dijo que mandase a buscar a otro médico y, desde entonces, nos visitó el doctor Thomas.

–¿Les gustaba más?

–Desde luego es un hombre muy inteligente. Si alguien

hubiese podido curar su última enfermedad, habría sido el doctor Thomas. A decir verdad estaba ya mucho mejor, pero de repente sufrió una súbita recaída.

–¿Fue muy dolorosa su enfermedad?

–¡Hum! Sí. Murió de gastritis. Tenía dolores agudos, náuseas y todo lo demás. ¡Cuánto sufrió la pobrecita! Fue una mártir. ¡Y tuvimos a un par de enfermeras de lo más antipático! «La paciente esto, la paciente lo otro...». –Horton meneó la cabeza y bebió un poco de whisky–. ¡Y eran tan presumidas! Lydia tenía la obsesión de que la envenenaban. Claro que no era cierto, sino una fantasía propia de su debilidad. El doctor Thomas dijo que pasa muchas veces, pero había mucho de verdad: aquellas mujeres la odiaban. Eso es lo peor de las mujeres, que odian a las de su propio sexo.

–Supongo –dijo Luke sin saber muy bien cómo decirlo– que Mrs. Horton tendría buenas amistades en Wychwood.

–La gente fue muy amable con ella –dijo el otro de mala gana–. Whitfield nos mandaba uvas y melocotones de su invernadero, y Honoria Waynflete y Lavinia Pinkerton solían venir a hacerle compañía.

–¿Venía a menudo miss Pinkerton?

–Sí. ¡Era bastante mayor, pero muy agradable! Estaba muy angustiada por mi esposa. Acostumbraba preguntar qué medicinas tomaba y qué régimen seguía. Todo con mucha amabilidad, ¿sabe? Pero, a pesar de su buen carácter, yo la encontraba algo impertinente.

Luke asintió, comprensivo.

–No puedo soportar tanto ajetreo –dijo el comandante–. Con tantas mujeres en el pueblo, es imposible organizar una partida de golf.

–¿Y el joven de la tienda de antigüedades? –dijo Luke.

–No juega al golf. Es un afeminado.

–¿Hace mucho que vive en Wychwood?

–Hará unos dos años. Es un individuo muy desagradable. Detesto a esos tipos melenudos y de voz untuosa. Aunque le parezca raro, Lydia le apreciaba. No se puede confiar en el juicio de las mujeres para conocer a los hombres. Incluso se tomó un bebedizo casero hecho por él, un brebaje en un frasco de vidrio con signos del zodíaco, al parecer hecho con hierbas recogidas en una noche de luna llena. Tonterías, pero las mujeres se lo tragan... Se lo tragan todo, ja, ja.

Luke cambió bruscamente de tema y pensó acertadamente que Horton no se percataría de ello.

–¿Qué clase de individuo es Abbot, el abogado? ¿Entiende mucho de leyes? Necesito que me aconseje sobre un asunto y he pensado ir a verle.

–Dicen que es muy astuto. Yo no lo sé. Tuve una pelea con él. No he vuelto a verle desde que vino a hacer el testamento de Lydia poco antes de que muriera. En mi opinión es un sinvergüenza, pero eso no quiere decir que no sea buen abogado.

–No, claro que no –dijo Luke–, aunque parece un hombre muy pendenciero. Por lo que he oído, se ha peleado con mucha gente.

–Lo que pasa es que es muy quisquilloso –dijo Horton–. Se cree todopoderoso y el que no comparte su opinión comete una falta de *lèse majesté*. ¿Le han contado su pelea con Humbleby?

–Tuvieron una pelea, ¿verdad?

–Una pelea de primera. Aunque a mí no me sorprende. ¡Humbleby era un asno empecinado!

–Fue una lástima que muriera.

–¿Quién? ¿Humbleby? Sí, quizá sí. No tuvo cuidado. El envenenamiento de la sangre es una cosa muy peligrosa. Siempre que me corto me pongo yodo. Es una simple precaución. Humbleby, que era médico, no lo hizo. Eso demuestra su modo de ser.

Luke no lo tenía tan claro pero lo dejó correr. Se puso de pie y miró su reloj.

–¿Tiene que irse a comer? –le dijo el comandante Horton–. Bien, celebro haber podido charlar con usted. Me gustan los hombres que han visto mundo. Tenemos que vernos en otra ocasión. ¿Dónde estuvo destinado? ¿En Mayang Straits? Nunca estuve allí. He oído decir que está escribiendo un libro sobre supersticiones.

–Sí..., yo...

Pero el comandante continuó:

–Puedo contarle muchas cosas interesantes. Cuando estuve en la India, de eso hace ya bastantes años...

Luke logró escapar después de soportar durante diez minutos las usuales historias de faquires, trucos de cuerdas y cobras, tan queridos por los jubilados angloindios.

Al salir al aire libre y oír la voz del comandante que llamaba a Nero, se maravilló del milagro de la vida matrimonial. El comandante Horton parecía verdaderamente apenado por haber perdido a una mujer que, a todas luces, debió de ser una verdadera devoradora de tigres.

«¿No sería un inteligente ardid?», se preguntó Luke de pronto.

12

HOSTILIDADES

Afortunadamente, la tarde del partido de tenis fue espléndida. Lord Whitfield estaba de muy buen humor y representaba el papel de anfitrión muy satisfecho. Con frecuencia hizo alusión a su humilde origen. Los jugadores eran ocho: lord Whitfield, Bridget, Luke, Rose Humbleby, Mr. Abbot, el doctor Thomas, el comandante Horton y Hetty Jones, una joven muy animada que era hija del director del banco.

En el segundo partido, Luke, que era la pareja de Bridget, jugó contra lord Whitfield y Rose Humbleby. Rose era muy diestra y tenía un potente revés; jugaba en los campeonatos del condado. Ella compensaba los fallos de lord Whitfield, y Bridget y Luke, que no eran demasiado buenos, pudieron resistir su juego. Estaban empatados a tres, y Luke, en una racha de buena suerte, logró, con Bridget, adelantarlos cinco a tres.

Entonces observó que lord Whitfield comenzaba a enfadarse. Discutió por una pelota que había dado en la línea, dijo que un saque era malo, a pesar de que Rose lo había aceptado, y se comportó como un chiquillo mal educado. Era una pelota de set, pero Bridget falló una pelota muy fácil que fue a parar a la red e inmediatamente después cometió una doble falta en el saque. El juego se había igualado. Enviaron la pelota al centro de la pista y Luke, al querer devolverla, tropezó con su compañera. Bridget cometió otra doble falta y perdieron el juego.

La muchacha se disculpó:

—Lo siento, estoy descentrada.

Parecía ser cierto. Los golpes de raqueta de la muchacha eran descontrolados y no daba una. El partido terminó con la victoria de lord Whitfield y su pareja ocho a seis.

Hubo unos momentos de discusión por los que debían tomar parte en el próximo partido. Finalmente Rose volvió a jugar, esta vez como pareja de Mr. Abbot y contra el doctor Thomas y miss Jones.

Lord Whitfield se sentó para secarse el sudor de la frente, con sonrisa complacida. Volvía a estar de buen humor. Charló con el comandante Horton de una serie de artículos que preparaba uno de sus periódicos.

—Enséñeme el huerto —le pidió Luke a Bridget.

—¿Por qué el huerto?

—Estoy buscando coles.

—¿Servirían los guisantes?

—Sí, me irían de primera.

Se alejaron del campo de tenis y llegaron al huerto. Como era sábado por la tarde, no había ningún jardinero y aparecía tranquilo y apacible bajo la luz del sol.

—Aquí tiene los guisantes —le dijo Bridget.

Luke hizo caso omiso del objeto de su visita.

—¿Por qué diablos les ha regalado el partido?

—Lo siento. Estaba descentrada y mi juego no es regular.

—¡Pero no tanto! Esas dobles faltas no engañan ni a una criatura. ¡Y esas pelotas lanzadas sin tino...!

—Eso es porque soy mala jugadora —respondió Bridget

con calma–. Si fuese un poco mejor, lo hubiera disimulado mejor. Pero si quiero que una pelota vaya fuera justita, da en la línea y trabajo perdido.

–Entonces, ¿lo admite?

–Evidentemente, mi querido Watson[2].

–¿Y por qué razón?

–Igualmente evidente. A Gordon no le gusta perder.

–¿Y yo? Supongamos que a mí me gusta ganar.

–Me temo, mi querido Luke, que no es usted tan importante.

–¿Quiere explicarse un poquito mejor?

–Desde luego, si usted me lo pide. No hay que enemistarse con quien representa para una el pan de cada día. Gordon es mi pan. Usted no.

Luke inspiró con fuerza. Pero al fin dijo sin poder contenerse:

–¿Por qué diablos quiere casarse con ese absurdo mequetrefe? ¿Por qué?

–Porque como su secretaria gano seis libras a la semana y, siendo su esposa, tendré cien mil a mi nombre, un joyero lleno de perlas y diamantes, una hermosa renta y otras ventajas del estado matrimonial.

–¡Pero por un trabajo muy distinto!

–¿Es que siempre hay que tomar actitudes melodramáticas ante cualquier circunstancia de la vida? –dijo Bridget con frialdad–. Si se está imaginando a Gordon como un marido muy enamorado de su mujer, olvídelo. Gordon, como puede haber comprendido, es un niño grande. Lo que necesita es una madre y no una esposa.

2. Amigo y ayudante del famoso detective Sherlock Holmes. *(N. del T.)*

Desgraciadamente, perdió a la suya cuando tenía cuatro años. Lo que desea es una persona con quien poder fanfarronear, que le reafirme en sus opiniones y que esté preparada para oírle hablar perpetuamente de su tema preferido, que es siempre invariablemente hablar sobre sí mismo.

–Tiene usted la lengua muy afilada, ¿verdad?

–No creo en cuentos de hadas –respondió airada la muchacha–, si es eso a lo que se refiere. Soy una mujer joven con algo de inteligencia, no muy bonita y sin dinero. Intento ganarme honradamente la vida. Mi empleo de esposa de Gordon no se diferenciará en nada del de secretaria. Cuando haya pasado un año, dudo que se acuerde de besarme antes de acostarse. La única diferencia será el sueldo.

Se miraron a los ojos. Los dos estaban pálidos de rabia. Bridget dijo en tono burlón:

–Vamos, es usted algo anticuado, Mr. Fitzwilliam, ¿verdad? Se le han acabado los clichés. Diga que me vendo por dinero. Es una buena razón, creo yo.

–¡Es usted una diablesa sin corazón!

–Lo que es mejor que ser tonta y tenerlo.

–¿Sí?

–Sí, lo sé.

–¿Cómo lo sabe? –se mofó Luke

–¡Sé lo que es querer a un hombre! ¿Conoce a Johnnie Cornish? Pues fui su prometida durante tres años. Era encantador, le adoraba, le quise tanto que hasta me dolía el corazón. Pues bien, me dejó para casarse con una viuda de acento norteño con tres sotabarbas y una renta de treinta mil libras al año. ¿No cree que una cosa así cura de romanticismos a cualquiera?

Luke se volvió con un gemido ahogado.

–Quizá.

–¡Ya lo creo!

Hubo una pausa. El silencio entre los dos pesaba como una losa. Bridget fue la primera en romperlo con una voz que expresaba vacilación.

–Espero que comprenda que no tiene derecho a hablar-me como lo ha hecho. ¡Está viviendo en casa de Gordon y es de pésimo mal gusto!

Luke había recobrado su compostura.

–¿Y eso no es también un cliché?

Bridget enrojeció.

–¡Pero es cierto!

–No lo es. Tengo derecho.

–¡Eso son ganas de discutir!

Luke la miró. Su rostro estaba pálido como el que sufre un dolor físico, y le dijo:

–Tengo derecho. El derecho que me da quererte... ¿cómo lo expresaste hace un momento...?, ¡quererte tanto que me duele el corazón!

Ella dio un paso atrás.

–¿Tú?

–Sí. Divertido, ¿verdad? Es de esas cosas que te hacen reír. Vine aquí para investigar unos asesinatos y tú sales de detrás de esa casa y... ¿cómo lo diría...?, ¡me hechizaste! Eso es lo que pasó. Hace poco has mencionado los cuen-tos de hadas. Tú me embrujaste. Sentí que si me señalabas con el dedo y decías: «Conviértete en rana», habría empe-zado a andar a saltos.

Se acercó a ella.

–Te quiero con locura, Bridget Conway. Y queriéndote como te quiero, no esperarás que me resigne a verte casa-

124

da con un lord barrigón y ridículo que se enfada si no gana un partido de tenis.

–¿Y qué puedo hacer si no?

–¡Casarte conmigo! Pero seguramente esta solución te producirá un ataque de risa.

–Me parto de risa.

–Exacto. Bueno, ahora ya sabemos a qué atenernos. ¿Quieres que volvamos a la pista? ¡Puede que ahora me encuentres una pareja que sea capaz de ganar!

–La verdad –dijo Bridget dulcemente– es que me parece que te molesta perder tanto como a Gordon.

Luke la cogió fuertemente por los hombros.

–¿No te parece que tienes una lengua muy larga?

–Me temo que no te gusto lo suficiente a pesar de tu gran pasión.

–Creo que no me gustas nada.

Bridget, sin dejar de mirarle, le dijo:

–Pensabas casarte cuando regresases a tu país, ¿verdad?

–Sí.

–Pero con una persona muy distinta a mí, ¿eh?

–Nunca imaginé que pudiera parecerse a ti.

–No soy tu tipo. Sé muy bien cuál es.

–¡Eres tan lista, querida Bridget!

–Una chica encantadora, inglesa por los cuatro costados, amante del campo y los perros. Probablemente la soñaste con una falda de lana, mientras arreglaba los troncos de la chimenea con la punta de su zapato.

–La imagen me parece muy atractiva.

–Lo es. ¿Volvemos con los demás? Puedes jugar con Rose Humbleby. Es tan buena jugadora que ganarás casi seguro.

–Siendo tan anticuado, dejaré que digas la última palabra.

De nuevo se hizo el silencio. Luke retiró sus manos de sus hombros y los dos se quedaron inmóviles, como si aún quedara algo por decir.

Entonces Bridget se volvió bruscamente y emprendió el camino de regreso. El partido concluyó. Rose se negó a volver a jugar.

—He jugado dos partidos seguidos.

—Estoy muy cansada —insistió Bridget—. No quiero jugar más. Tú y mi primo podéis jugar contra miss Jones y Mr. Horton.

Pero Rose siguió en sus trece y se combinó un doble masculino. Después sirvieron el té.

Lord Whitfield conversaba con el doctor Thomas, refiriéndole, con muchos detalles y dándose mucha importancia, la visita que había hecho a unos importantes laboratorios de investigación científica de Wellerman Kreitz.

—He querido comprobar personalmente los adelantos de los últimos descubrimientos —decía con voz apasionada—. Soy responsable de lo que se publica en mis periódicos. Ésta es una era científica. La ciencia debe ser asimilada con facilidad por las masas.

—Un mal conocimiento de la ciencia puede resultar peligroso —dijo el doctor Thomas.

—La ciencia en el hogar es nuestra meta —respondió lord Whitfield.

—Y saber manejar los tubos de ensayo —comentó Bridget muy seria.

—Me impresionó mucho —dijo lord Whitfield—. Wellerman me acompañó personalmente. Yo le pedí que me atendiera un ayudante, pero no quiso de ninguna manera.

—Es muy natural —dijo Luke.

Lord Whitfield le miró, agradecido.

–Y me lo explicó todo con la mayor claridad: los cultivos, los sueros... Se ofreció a colaborar en el primer artículo de la serie.

Mrs. Anstruther intervino.

–Creo que utilizan conejillos de Indias. ¡Qué crueldad! Aunque peor sería que fueran perros o gatos.

–Los individuos que emplean perros para sus experimentos deberían ser ahorcados –dijo el comandante Horton con pasión.

–La verdad es, Horton, que usted valora más la vida de un perro que la humana –dijo Mr. Abbot.

–¡Eso siempre! –respondió el comandante–. Los perros no se vuelven nunca contra uno. No hablan mal de nadie. Nunca.

–Sólo sueltan algún mordisco de vez en cuando –dijo Abbot–. ¿Verdad, Horton?

–Los canes son buenos jueces del carácter de los hombres –opinó el comandante.

–Uno de los suyos casi me muerde en una pierna la semana pasada. ¿Qué dice a esto, Horton?

–¡Lo mismo que antes!

Bridget, con mucho tacto, se interpuso.

–¿Qué les parece si jugamos otro partido de tenis?

Se jugaron otros dos sets. Y cuando Rose Humbleby se dispuso a marcharse, Luke se le acercó.

–La acompañaré a casa –le dijo–. Y le llevaré la raqueta. No ha venido en coche, ¿verdad?

–No, pero está cerca.

–Me gusta andar.

Él no dijo más, sino que cogió su raqueta y sus zapatos, y echó a andar a su lado sin decir palabra. Rose mencionó dos o tres asuntos triviales. Luke respondió sin excesivo entusiasmo, aunque ella pareció no darse cuenta.

Al llegar a la puerta de la casa, el rostro del policía se iluminó.

—Ahora me siento mejor –le dijo.

—¿Es que no se encontraba bien?

—Es muy amable al pretender que no se había dado cuenta. Usted ha hecho desaparecer mi malestar. Es extraño, pero me siento como si hubiera pasado una nube negra y ahora volviese a brillar el sol.

—Y así ha sido. Estaba nublado cuando salimos de Ashe Manor y ahora brilla el sol.

—Entonces es cierto en la realidad y en la imaginación. Al fin y al cabo, el mundo es un lugar agradable.

—¡Claro que sí!

—Miss Humbleby, ¿me permite un comentario indiscreto?

—Creo que viniendo de usted no puede serlo.

—¡Oh, no esté tan segura! Quiero decirle que considero al doctor Thomas un hombre muy afortunado.

Rose enrojeció con una sonrisa.

—¿Así que se ha enterado?

—¿Es que era un secreto? Lo siento.

—¡Oh! En este pueblo todo se sabe –dijo Rose dolida.

—Así pues, ¿es cierto que está prometida?

Rose asintió.

—Sólo que aún no lo hemos anunciado oficialmente. ¿Sabe? Papá se oponía y nos parece poco delicado pregonarlo a los cuatro vientos ahora que acaba de morir.

—¿Su padre se opuso?

—Bueno, oponerse abiertamente, no. Pero, en la práctica, sí.

–¿Creía que eran demasiado jóvenes? –preguntó Luke comprensivo.

–Eso es lo que decía.

–Pero ¿usted cree que había algo más?

–Sí –Rose ladeó la cabeza, pensativa–. Me temo que lo que pasaba era que a papá le disgustaba Geoffrey. ¡Vaya usted a saber por qué!

–¿No se llevaban bien?

–A veces creía que era eso. Claro que mi padre tenía bastantes prejuicios.

–Supongo que la quería mucho y no se avenía a la idea de perderla.

Rose asintió, pero con una sombra de reserva.

–¿O fue algo más? ¿Le dijo que no quería que se casase con Thomas?

–No. ¿Sabe? Papá y Geoffrey eran muy distintos y chocaban en algunas cosas. Geoffrey era muy paciente, pero saber que mi padre no aprobaba nuestra relación le hacía reservado y tímido. Y mi padre no tuvo la oportunidad de conocerlo más a fondo.

–Los prejuicios son difíciles de combatir –dijo Luke.

–¡Pero era algo tan irrazonable!

–¿Expuso alguna de sus razones?

–¡Oh, no! ¡No las tenía! Quiero decir que no podía decir nada contra Geoffrey, a no ser que no le gustaba.

–¿No tenía a qué aferrarse? Quiero decir, si su novio bebe o apuesta en las carreras.

–¡Oh, no! Ni siquiera creo que sepa quién ganó el Derby.

–Es extraño –dijo Luke–, pero juraría que vi al doctor Thomas en Epsom el día del Derby.

Por unos momentos tuvo miedo de haber mencionado

antes el día que llegó a Londres, pero Rose contestó en seguida sin recelar:

–¿Cree haberle visto? ¡Oh, no! No pudo haber estado por una razón. Estuvo casi todo el día en Ashewold, donde asistió a un parto muy difícil.

–¡Qué buena memoria tiene!

Rose se echó a reír.

–Lo recuerdo porque me dijo que al niño le apodaban Jujube.

Luke asintió, distraído.

–De todas formas, Geoffrey nunca va a las carreras. Le aburren soberanamente –dijo la muchacha, y agregó en otro tono–: ¿Por qué no entra? A mi madre le gustaría conocerle.

–Si usted lo cree así, entraré.

Rose le condujo a una habitación que a la luz del atardecer le pareció triste. Una mujer se hallaba sentada en una butaca en una posición muy extraña.

–Mamá, éste es Mr. Fitzwilliam.

Mrs. Humbleby le miró al estrecharle la mano. Rose salió de la habitación.

–Celebro conocerle, Mr. Fitzwilliam. Creo que hace años unos amigos suyos conocieron a mi marido. Rose me lo contó.

–Sí, Mrs. Humbleby. –No le gustaba mentir a la viuda, pero no vio el modo de evitarlo.

–Me gustaría que le hubiese conocido –dijo Mrs. Humbleby–. Era un gran hombre y un gran médico. Curó a muchas personas que ya habían perdido la esperanza con la fuerza de su personalidad.

–Desde que estoy aquí, he oído hablar mucho de él –refirió con marcada amabilidad–. Se acuerdan mucho de él.

No podía ver claramente el rostro de su interlocutora. Su voz era monótona, pero esa misma falta de expresividad parecía probar que disimulaba su emoción.

–El mundo es un lugar maldito, Mr. Fitzwilliam. ¿No lo cree así? –dijo de repente.

–Sí, puede que sí –contestó Luke sorprendido.

–Pero, ¿no está seguro? Pues es muy importante. Hay tanta maldad por ahí. Hay que estar preparado para luchar. Él lo sabía y estaba al lado de la razón.

–Estoy seguro –dijo Luke.

–Conocía la maldad de este lugar. Sabía... –y Mrs. Humbleby se echó a llorar.

–Lo siento –murmuró Luke.

Ella contuvo sus lágrimas con gran rapidez.

–Debe usted perdonarme –le dijo tendiéndole la mano–. Venga a vernos a menudo mientras esté aquí. A Rose le gustará. Le aprecia mucho.

–Y yo a ella. Creo que es la muchacha más encantadora que he conocido desde hace mucho tiempo.

–Es muy buena conmigo.

–El doctor Thomas es un hombre con mucha suerte.

–Sí. –Mrs. Humbleby dejó caer su mano sobre su regazo. Su voz perdió toda expresión–. No sé, ¡es todo tan complicado!

Luke la dejó de pie, en la penumbra, retorciéndose las manos, nerviosa.

Mientras caminaba hacia su casa, recordaba fragmentos de su conversación con Rose.

El doctor Thomas había estado ausente la mayor parte del día del Derby y se había marchado de Wychwood en coche. Londres distaba sólo treinta y cinco millas. Se suponía que había estado atendiendo un parto. ¿Existían otras pruebas aparte de su palabra? Podía comprobarse. Luego siguió con Mrs. Humbleby.

¿Qué quiso decir al insistir tanto en aquella frase?: «El mundo está lleno de maldad».

¿Eran sólo sus nervios y el trastorno por el golpe producido por la muerte de su esposo o había algo más?

¿Es que tal vez sabía algo? ¿Algo que supo el doctor Humbleby antes de morir?

«Tengo que seguir adelante –se dijo–. Tengo que continuar.»

Con resolución, apartó de su memoria el lance de armas que había tenido lugar entre Bridget y él.

13

HABLA MISS WAYNFLETE

A la mañana siguiente, Luke tomó una resolución. Había llegado tan lejos como era posible con sus interrogatorios indirectos. Era inevitable que lo descubrieran. Pensó que había llegado el momento de desmentir su papel de escritor y revelar que había ido a Wychwood con un proyecto definido.

Dispuesto a poner en práctica su plan, decidió visitar a Honoria Waynflete. No sólo le había impresionado favorablemente la discreción y el aspecto inteligente de la solterona, sino que, a su juicio, quizá disponía de informaciones que le ayudarían. Creía que ella le había dicho todo lo que sabía. Esta vez quería que le dijese lo que imaginaba, pues consideraba que las suposiciones de miss Waynflete no andarían muy lejos de la verdad.

Fue a verla al salir de misa.

Miss Waynflete condujo a Luke al interior sin mostrar la menor sorpresa. Al verla sentada cerca de él, con las manos enlazadas sobre su regazo y sus ojos inteligentes, tan parecidos a los de una cabra, fijos en su rostro, no le costó nada explicar el motivo de su visita.

–Me atrevo a suponer, miss Waynflete, que habrá adivinado que la razón de mi presencia en este pueblo no es meramente escribir un libro sobre costumbres locales.

Miss Waynflete inclinó la cabeza dispuesta a escuchar.

Luke no tenía la intención de confiarle toda la historia. Miss Waynflete podía ser discreta, por lo menos daba esa impresión, pero, según la opinión de Luke sobre las solteronas, era difícil que resistiera la tentación de confiar una historia tan excitante a sus amigas más íntimas. Y, por lo tanto, decidió adoptar un curso intermedio.

—Estoy aquí para investigar la muerte de esa pobre muchacha, Amy Gibbs.

—¿Quiere decir que le ha enviado la policía? —preguntó miss Waynflete.

—Oh, no, no soy un policía de paisano —contestó, para añadir con un tono risueño—: Mucho me temo que soy ese personaje tan conocido de las novelas policiacas: el detective privado.

—Entiendo. ¿Entonces ha sido Bridget quien le ha hecho venir?

Luke vaciló. Al fin decidió dejar que lo creyera. Era difícil justificar su presencia sin explicar toda la historia Pinkerton.

Miss Waynflete dijo con cierta admiración:

—¡Bridget es muy práctica, tan eficiente! Creo que si hubiese tenido que confiar en mi propio juicio, no habría hecho nada. Quiero decir que si no se está completamente segura de una cosa, es difícil decidirse a actuar.

—Pero usted está segura, ¿verdad?

—No, Mr. Fitzwilliam. Éste no es un caso muy claro. Puede que sean sólo imaginaciones mías. Al vivir sola y sin nadie con quien cambiar impresiones, puede una dramatizarlo todo e imaginar cosas sin fundamento.

Luke aceptó la afirmación, consciente de su parte de verdad, pero añadió amablemente:

–Pero en su interior no tiene dudas.

Incluso aquí, miss Waynflete se mostró algo reacia.

–Espero que estemos hablando de lo mismo.

Luke sonrió.

–¿Quiere que lo traduzca en palabras? Muy bien. ¿Cree usted que Amy Gibbs fue asesinada?

Honoria Waynflete se sobresaltó un tanto ante la crudeza de su lenguaje.

–No estoy tranquila por lo que respecta a su muerte. En absoluto. En mi opinión, fue poco clara.

Luke insistió pacientemente:

–¿Pero considera su muerte natural?

–No.

–¿No cree que fuese un accidente?

–Aún lo considero menos verosímil. Existen tantos...

Luke la atajó.

–¿Suicidio?

–Categóricamente, no.

–Entonces –dijo Luke–, usted cree que fue asesinada.

Miss Waynflete vaciló, tragó saliva y al fin se decidió con valentía:

–¡Sí! ¡Eso creo!

–Bien. Ahora podemos continuar.

–Pero en realidad no tengo ninguna prueba en que basar mi opinión. ¡Es solamente una idea!

–Desde luego. Esto es una conversación privada. Hablamos de lo que suponemos y sospechamos. Supongamos que Amy Gibbs fuera asesinada: ¿de quién sospechamos como asesino?

Miss Waynflete meneó la cabeza. Estaba muy nerviosa.

–¿Quién tenía motivos para matarla? –inquirió Luke mirándola.

–Tuvo una discusión con su novio, Jimmy Harvey. Es un joven trabajador y sensato. A veces se lee en los periódicos que un muchacho mata a su novia y cosas parecidas, pero la verdad es que no puedo creer que hiciera una cosa así.

Luke asintió.

–Además, tampoco creo que lo hubiese hecho de esta forma –añadió la solterona–. Trepar hasta la ventana para cambiar la botella de jarabe por una que contenía veneno. No me parece...

Luke la ayudó al ver que vacilaba.

–¿No le parece propio de un amante enfurecido? De acuerdo. En mi opinión podemos eliminar a Jimmy Harvey. Amy fue asesinada –hemos supuesto que lo fue– por alguien que quiso quitarla de en medio y que planeó el crimen con sumo cuidado para que pareciera un accidente. ¿Tiene usted alguna idea, alguna corazonada de quién pudo ser?

–No. La verdad, no tengo la menor idea.

–¿Está segura?

–Sí, sí.

Luke la observó pensativo. Su negativa había sido poco convincente, pero continuó:

–¿No conoce otros motivos?

–No.

Esta vez fue más categórica.

–¿Sirvió en muchas casas de Wychwood?

–Estuvo un año en casa de los Horton antes de ir a la de lord Whitfield.

Luke hizo un rápido resumen:

–Entonces, tenemos esto: alguien quiso eliminar a la muchacha. Por los hechos deducimos: primero, que es un hombre chapado a la antigua —como lo demuestra el tinte empleado—, y segundo, que debía ser un hombre ágil, puesto que pudo trepar hasta la ventana de la habitación. ¿Está usted de acuerdo en estos puntos?

—Por completo.

—¿Le importa que vaya a comprobarlo?

—En absoluto. Creo que es una buena idea.

Le condujo hasta la parte de atrás de la casa. Luke consiguió llegar al tejado del anexo sin gran dificultad, para desde allí asirse al repecho de la ventana y, tras un último esfuerzo, introducirse en la habitación. Minutos más tarde se reunía con miss Waynflete, limpiándose las manos en su pañuelo.

—Es mucho más fácil de lo que parece —le dijo—. Lo que se necesita es músculo. ¿No encontraron huellas?

—No lo creo. Claro que el agente subió por el mismo sitio.

—De modo que, si se hubiesen encontrado algunas, las habría confundido con las suyas. ¡Cómo ayudó eso al criminal! Bueno, eso es todo.

Miss Waynflete le acompañó de nuevo a la casa.

—¿Tenía el sueño pesado la muchacha? —le preguntó.

Miss Waynflete contestó con un tono agrio:

—Era muy difícil despertarla por las mañanas. Algunas veces tenía que llamar y llamar antes de que respondiera. Pero ya sabe, Mr. Fitzwilliam, que hay un refrán que dice «que no hay peor sordo que el que no quiere oír».

—Es cierto —asintió Luke—. Ahora, miss Waynflete, pasemos a los móviles. Comencemos por los más evidentes: ¿cree usted que hubo algo entre Ellsworthy y la muchacha? —Y se apresuró a añadir—: Solamente le pido su opinión.

—Si es sólo mi opinión lo que me pide, creo que sí.

Luke asintió con un ademán.

—Según usted, ¿pudo Amy Gibbs haber llegado a emplear el chantaje?

—Repito que, sólo según mi opinión, diría que es posible.

—¿Sabe usted si tenía mucho dinero en el momento de su fallecimiento?

La solterona reflexionó unos instantes.

—No, no creo. Si hubiese tenido más de lo corriente lo habría sabido.

—¿No se compró alguna cosa extraordinaria?

—Creo que no.

—Entonces, eso destruye la teoría del chantaje. La víctima acostumbra pagar antes de llegar al asesinato. Existe otra teoría. La muchacha debía de saber algo.

—¿Qué clase de cosas?

—Pudo llegar a averiguar algo peligroso para alguna persona de Wychwood. Esto es sólo una hipótesis. Supongamos que conociera algo que pudiera perjudicar, digamos profesionalmente, a alguien como Mr. Abbot.

—¿Mr. Abbot?

Luke respondió rápidamente:

—O algún descuido o comportamiento poco correcto del doctor Thomas.

Miss Waynflete comenzó a decir:

—Pero seguramente... —y se detuvo.

—Amy Gibbs estuvo de doncella, según dice usted, en casa de los Horton cuando murió la señora —señaló Luke.

Hubo unos momentos de silencio. Al cabo, miss Waynflete respondió:

—¿Quiere decirme por qué mezcla a los Horton en

este asunto, Mr. Fitzwilliam? Mrs. Horton falleció hace un año.

–Sí, y esa chica, Amy Gibbs, estaba en su casa.

–Ya. ¿Qué tienen que ver los Horton con todo esto?

–No lo sé. Hacía cábalas. Mrs. Horton murió de gastritis aguda, ¿verdad?

–Sí.

–¿Fue una muerte inesperada?

–Para mí, sí –respondió miss Waynflete con cautela–. ¿Sabe? Estaba mucho mejor, parecía en vías de recuperación y, de pronto, tuvo una recaída y falleció.

–¿Se sorprendió el doctor Thomas?

–No lo sé, pero me figuro que sí.

–Y las enfermeras, ¿qué dijeron?

–Sé por experiencia que las enfermeras nunca se sorprenden cuando un enfermo empeora. Es la mejoría lo que les parece anormal.

–¿Pero su muerte le sorprendió a usted? –insistió Luke.

–Sí. El día antes había estado con ella, parecía encontrarse mucho mejor y charló durante algún tiempo con gran animación.

–¿Qué opinaba de su propia enfermedad?

–Tenía la obsesión de que las enfermeras la estaban envenenando. Había despedido a una, pero dijo que todas eran tan malas como la otra.

–Supongo que usted no le haría mucho caso.

–Pues, no. Creí que eso era propio de su enfermedad. Era una mujer muy desconfiada. Puede que no sea muy caritativo decirlo, pero le gustaba darse importancia. Ningún médico entendía su caso. Lo suyo era muy complicado, debía de tener una enfermedad muy difícil o alguien trataba de quitarla de en medio.

–¿Y no sospechaba de su marido? –Luke trató de hablar con naturalidad.

–¡Oh, no! ¡Nunca se le ocurrió semejante cosa!

Miss Waynflete hizo una pausa y luego preguntó:

–¿Es eso lo que usted cree?

–Muchos maridos lo han hecho sin que les descubrieran. ¡A todas luces se ve que el carácter de Mrs. Horton era tal que no es extraño que su marido deseara librarse de ella! Y creo que heredó mucho dinero a su muerte.

–Sí, es cierto.

–¿Qué opina usted, miss Waynflete?

–¿Quiere saber mi opinión?

–Sí, sólo su opinión.

Y ella respondió lenta y deliberadamente:

–En mi opinión, el comandante Horton estaba muy enamorado de su mujer y nunca se le pasó por la cabeza hacer una cosa así.

Luke la observó y se encontró con sus ojos de color ámbar, que denotaban inocencia.

–Bueno –le dijo–, espero que tenga razón. Probablemente usted lo sabe mejor que yo.

Miss Waynflete se permitió una sonrisa.

–Las mujeres somos muy buenas observadoras, ¿verdad?

–De primera. ¿Cree que miss Pinkerton habría pensado como usted?

–No la oí nunca opinar sobre esto.

–¿Qué pensaba de lo ocurrido a Amy Gibbs?

Miss Waynflete frunció el ceño como si tratase de recordar.

–Es difícil de decir. Lavinia tenía una opinión muy particular.

–¿Cuál?

–Pensaba que ocurría algo extraño aquí, en Wychwood.

–¿No pensaría por casualidad que alguien había empujado a Tommy Pierce por la ventana?

Miss Waynflete lo miró atónita.

–¿Cómo lo sabe, Mr. Fitzwilliam? –preguntó.

–Ella me lo dijo. No con estas mismas palabras, pero me lo dio a entender.

La solterona se inclinó hacia delante con el rostro arrebolado.

–¿Cuándo fue eso, Mr. Fitzwilliam?

–El día que fue atropellada –respondió él con tranquilidad–. Viajamos juntos hasta Londres.

–¿Qué fue lo que le dijo exactamente?

–Que habían ocurrido demasiados fallecimientos en Wychwood. Nombró a Amy Gibbs, a Tommy Pierce y a ese hombre..., Carter. Y también dijo que la próxima víctima sería el doctor Humbleby.

–¿Le dijo quién era el culpable?

–Un hombre con una extraña mirada –dijo Luke–. Una mirada que no dejaba lugar a dudas, según ella. Y la había visto en sus ojos mientras hablaba con el doctor Humbleby. Por eso dijo que sería el próximo que moriría.

–Y así fue –susurró miss Waynflete–. ¡Oh, Dios mío, Dios mío!

Se echó hacia atrás. Sus ojos tenían una expresión incrédula.

–¿Quién es ese hombre? –dijo Luke–. Vamos, miss Waynflete, usted lo sabe, tiene que saberlo.

–No, no me lo dijo.

–Pero puede adivinarlo –dijo Luke ansioso–. Debe de tener una idea exacta en su mente de quién fue.

De mala gana, miss Waynflete asintió.

—Entonces, dígamelo.

Pero ella sacudió la cabeza enérgicamente.

—No, de ninguna manera. ¡Me pide algo imposible! Me pide que adivine en quién pudo, sólo pudo, haber pensado una amiga que ya ha muerto. ¡Yo no puedo hacer una acusación semejante!

—No sería una acusación, sino sólo su opinión.

Pero miss Waynflete se mantuvo firme.

—No tengo nada más que decir. Lavinia no me dijo nada. Puedo pensar que sé quién es, pero comprenda que podría equivocarme. Eso influiría en usted y quizá traería serias consecuencias. Sería una maldad por mi parte mencionar un nombre. Puedo estar equivocada. ¡Probablemente lo estoy!

Y apretó los labios mirándole con determinación.

Luke sabía aceptar la derrota cuando era inevitable. Comprendió que el sentido de la rectitud de miss Waynflete y algo más que no alcanzaba a comprender estaban en su contra. Aceptó su fracaso de buen grado y se levantó para despedirse.

Tenía la intención de volver a la carga en otro momento, pero lo disimuló muy bien.

—Es lógico que obre como le dicta su conciencia —le dijo—. Gracias por la ayuda que me ha prestado.

Miss Waynflete pareció no estar tan segura de sí misma cuando le acompañó hasta la puerta.

—Espero que no crea... —comenzó a decir, pero cambió de frase—. Si puedo hacer algo más por usted, no deje de decírmelo.

—Lo haré. No repita esta conversación.

—¡Claro que no! No diré ni una palabra a nadie.

Luke rogó por que fuera cierto.

—Dele muchos recuerdos a Bridget. Es una muchacha tan encantadora... ¿No le parece? Y muy lista también. Espero... espero que sea muy feliz.

Y como Luke la mirara interrogadoramente, ella aún agregó:

—Quiero decir cuando se case con lord Whitfield. ¡Se llevan tantos años de diferencia!

—Sí, es cierto.

Miss Waynflete suspiró.

—¿Sabe que habíamos sido novios? —soltó de repente.

Luke la miró atónito. Ella meneaba la cabeza y sonreía con tristeza.

—Hace muchísimo tiempo. Él era todavía un muchacho. Yo le ayudé a educarse. Estaba muy orgullosa de él, de su espíritu y de su voluntad de triunfo.

Volvió a suspirar.

—Mi familia, naturalmente, estaba escandalizada. En aquellos tiempos las diferencias de clase eran barreras infranqueables —y siguió tras una pausa—: Siempre he seguido su carrera con interés y pienso que los míos estaban muy equivocados.

Luego, se despidió con una inclinación de cabeza y entró en la casa.

Luke trató de reorganizar sus pensamientos. Había clasificado a miss Waynflete como una «vieja». Ahora comprendía que no llegaba a los sesenta. Lord Whitfield pasaba de los cincuenta. Ella podía llevarle un año o dos, pero no más. E iba a casarse con Bridget, que tenía veintiocho años. ¡Bridget, que era joven y llena de vida!

«¡Maldita sea! —se dijo Luke—. No quiero pensar más en eso. Al trabajo. Sigamos con el trabajo.»

14

REFLEXIONES DE LUKE

Mrs. Church, tía de Amy Gibbs, era lo que se dice una mujer repulsiva. Su nariz afilada, sus ojos esquivos y su lengua ponzoñosa daban náuseas. Luke adoptó unos modales bruscos y tuvo un éxito inesperado.

–Lo que tiene que hacer –le dijo– es responder a mis preguntas lo mejor que pueda. Si me oculta algo o me miente, las consecuencias pueden ser muy serias para usted.

–Sí, señor. Ya comprendo. Deseo decirle todo lo que sé. Nunca me he visto mezclada con la policía...

–Ni tiene por qué estarlo –concluyó Luke–. Pues bien, si hace lo que le he dicho no habrá necesidad de eso. Deseo que me hable de su sobrina: qué amigos tenía, el dinero que ganaba y todo lo que dijo que pudiera darnos una pista. Empezaremos por sus amistades. ¿Quiénes eran?

Mrs. Church le dirigió una mirada ladina por el rabillo del ojo.

–Se refiere a caballeros, ¿verdad, señor?

–¿Tenía amigas también?

–Pues, apenas. Claro que conocía a algunas chicas que habían trabajado con ella, pero Amy no las trataba mucho. Verá usted...

–Prefería el sexo fuerte. Cuéntemelo.

–Últimamente iba con ese muchacho del garaje, Jimmy Harvey. Es un chico muy serio y agradable. «No podías haber elegido mejor», le dije muchas veces.

–¿Y los otros? –la atajó Luke.

De nuevo le dirigió su mirada ladina.

–Supongo que se refiere al caballero de la tienda de antigüedades. ¡No me gustaba nada, señor, lo digo sinceramente! Siempre he sido una mujer muy respetable y no soporto a esos conquistadores. Pero las muchachas de hoy no hacen caso de lo que se les dice. Hacen sólo su voluntad, y a menudo tienen que arrepentirse.

–¿Y Amy tuvo que arrepentirse? –preguntó Luke bruscamente.

–No, señor. No lo creo.

–Fue a visitar al doctor Thomas el día de su muerte. ¿No sería por esa razón?

–No, señor. Estoy segura de que no fue por eso. ¡Oh! ¡Puedo jurarlo! Amy no se encontraba bien, pero era un simple resfriado con mucha tos. No era nada de lo que usted sugiere. Estoy segura.

–La creo, si usted lo dice. ¿Hasta dónde habían llegado sus relaciones con Ellsworthy?

–No puedo decírselo exactamente, señor. Amy no confiaba en mí.

–¿Pero estaban muy avanzadas?

Mrs. Church respondió suavemente:

–Ese caballero no tiene muy buena reputación. Cuando vienen sus amigos de la ciudad hacen cosas muy extrañas a medianoche, en el prado de las Brujas.

–¿Iba también Amy?

–Creo que fue una vez. Pasó toda la noche fuera de casa y Su Señoría se enteró –entonces trabajaba en su casa– y le habló muy severamente. Ella le contestó y la despidieron, como era de esperar.

–¿Le hablaba de lo que sucedía en las casas donde estuvo empleada?

Mrs. Church meneó la cabeza.

–No mucho, señor. Le interesaban más sus propias andanzas.

–Estuvo bastante tiempo en casa del comandante Horton, ¿verdad?

–Cerca de un año.

–¿Por qué se marchó?

–Por mejorar. Había una plaza libre en Ashe Manor y, naturalmente, el sueldo era mejor.

–¿Estaba en casa de los Horton cuando murió la señora? –preguntó Luke.

–Sí, señor. Y andaba bastante molesta con las dos enfermeras y el trabajo que le daban, las bandejas de té y unas cosas y otras.

–¿No estuvo en casa de Mr. Abbot, el abogado?

–No, señor. Mr. Abbot tiene un matrimonio a su servicio. Amy fue a verle una vez a su oficina, aunque ignoro para qué.

Luke consideró este dato muy interesante. Y como era evidente que Mrs. Church no sabía nada más sobre eso, no siguió con el tema.

–¿Había otros caballeros que fuesen amigos suyos?

–Nadie digno de mención.

–Vamos, Mrs. Church. Recuerde que tiene que decirme la verdad.

–Es que no era un caballero, señor, ni nada parecido. Le dije que se rebajaba a sí misma.

–¿Quiere explicarse más claramente, si le es posible, Mrs. Church?

—¿Ha oído hablar de Las Siete Estrellas? No es un sitio recomendable, y el tabernero, Harry Carter, un individuo de lo más despreciable, que estaba la mayor parte del día borracho.

—¿Amy era amiga suya?

—Salió de paseo con él un par de veces. No creo que hubiera más, desde luego.

Luke asintió pensativo y cambió el rumbo de la conversación.

—¿Conoció usted a un muchachito llamado Tommy Pierce?

—¿Quién? ¿El hijo de Mrs. Pierce? Pues claro que sí. Siempre estaba haciendo diabluras.

—¿Se metió mucho con Amy?

—Oh, no, señor. Amy le habría despachado con un buen tirón de orejas si hubiese intentado hacer de las suyas con ella.

—¿Estaba ella satisfecha de su empleo en casa de miss Waynflete?

—Lo encontraba un poco aburrido y el sueldo no era gran cosa. Pero después de que la despidieran de Ashe Manor, no era fácil encontrar otro buen empleo.

—Podría haberse marchado a otro sitio.

—¿Quiere decir a Londres?

—O a cualquier otra parte del país.

Mrs. Church meneó la cabeza y dijo despacio:

—Amy no quería marcharse de Wychwood tal como estaban las cosas.

—¿Qué quiere insinuar?

—Me refiero a Jimmy y a ese caballero de la tienda de antigüedades.

Luke asintió, pensativo. Mrs. Church prosiguió:

–Miss Waynflete es una mujer muy simpática, si bien tiene algunas manías. Quiere que el metal y la plata estén siempre relucientes, que no haya ni una mota de polvo y que se dé la vuelta a los colchones cada día. Amy no habría podido soportarla si no se hubiese divertido de otras formas.

–Me lo imagino –dijo Luke con sequedad.

Repasó sus preguntas en su mente. No veía por dónde seguir. Estaba seguro de que no le había sonsacado todo lo que sabía a Mrs. Church. Se decidió a hacer una última tentativa.

–Supongo que habrá adivinado el motivo del interrogatorio. Las circunstancias que rodean la muerte de Amy fueron bastante misteriosas. No estamos convencidos de que fuese un accidente. Si no lo fue, ya sabe lo que debió ser.

–¡Asesinato! –dijo Mrs. Church con cierto placer.

–Exacto. Ahora, suponiendo que su sobrina fuera asesinada, ¿quién cree usted que fue el responsable?

Mrs. Church se limpió las manos en su delantal.

–Debe de haber una recompensa por dar informaciones que conduzcan a la policía a una pista verdadera –insinuó.

–Puede que la haya –respondió Luke.

–No quisiera decir nada concreto. –Mrs. Church se pasó la lengua por sus labios resecos–. Pero el caballero de la tienda de antigüedades es muy extraño. Recuerda el caso Castor, señor, cómo encontraron a la pobre chica hecha pedacitos en la cabaña de Castor, junto al mar, y cómo descubrieron que otras cinco o seis muchachas habían muerto de la misma forma. Puede que Mr. Ellsworthy sea uno de esos tipos.

–¿Ésa es su opinión?

–Bueno, pudiera ser, ¿no le parece?

Luke lo admitió antes de decir:

–¿Estuvo ausente Mr. Ellsworthy el día del Derby? Es un detalle muy importante.

–¿El día del Derby? –se extrañó Mrs. Church.

–Sí, el miércoles hizo quince días.

–La verdad es que no puedo responder a esa pregunta. Acostumbraba ausentarse los miércoles. Unas veces iba a la ciudad y otras no. Los miércoles cierra más temprano.

–¡Oh! –dijo Luke–. Cierra más temprano.

Se despidió de Mrs. Church, desentendiéndose de sus insinuaciones de que su tiempo era muy valioso y que esperaba recibir una compensación. Le disgustaba intensamente Mrs. Church. Sin embargo, su conversación, aunque no le había aportado nuevas pistas, le había proporcionado algunos detalles interesantes.

Repasó los datos de los cuatro personajes: Thomas, Abbot, Horton y Ellsworthy. La actitud de miss Waynflete parecía probarlo.

Su reserva y repugnancia por mencionar un nombre debía significar que la persona en cuestión era un vecino importante de Wychwood, alguien al que una sola insinuación podría perjudicar. Y coincidía con la determinación de miss Pinkerton de ir directamente a Scotland Yard. La policía local habría considerado ridícula su historia.

Y no podía ser el carnicero, ni el panadero, ni el cerero, ni un mero mecánico de un garaje, sino alguien para quien una acusación de asesinato resultara algo fantástico y además un asunto muy serio.

Había cuatro posibles candidatos. Así pues, él tenía que repasar con sumo cuidado el caso y tomar una determinación.

Primero consideró la reserva de miss Waynflete. Era

una persona consciente y escrupulosa. Creía conocer al hombre de quien sospechaba miss Pinkerton, pero eso era, como bien dijo, una mera suposición. Era fácil que estuviese equivocada.

¿En quién pensaba miss Waynflete?

Le turbaba pensar que su acusación pudiera calumniar a un inocente. Además, debía tratarse de un hombre de posición, apreciado y respetado por la vecindad.

Por lo tanto, esto eliminaba automáticamente a Ellsworthy. Era casi un forastero y su reputación era mala, no buena. Luke creía que si Ellsworthy hubiese sido la persona que miss Waynflete tenía en su mente, no habría tenido inconveniente en decírselo. Así que, por lo que respecta a miss Waynflete, Ellsworthy quedaba eliminado.

Ahora había que seguir con los demás. Luke consideraba que podía eliminar también al comandante Horton. Miss Waynflete parecía rechazar calurosamente la idea de que hubiese podido envenenar a su esposa. Si le hubiera considerado capaz de cometer otros crímenes, no estaría tan segura de su inocencia en la muerte de Mrs. Horton.

Quedaban el doctor Thomas y Mr. Abbot. Ambos cumplían todos los requisitos. Eran hombres de buena posición, de los que jamás se había rumoreado ningún escándalo. Eran bien vistos, apreciados, tenidos por personas rectas y honradas.

Luke consideró otro aspecto del asunto. ¿Podía eliminar a Ellsworthy y Horton? Inmediatamente meneó la cabeza. No era tan fácil. Miss Pinkerton averiguó quién era el asesino, lo cual estaba probado en primer lugar por su muerte y, en segundo lugar, por el fallecimiento del doctor Humbleby, pero nunca se lo dijo a Honoria Waynflete. Por tanto, aunque ésta pensara que sabía quién era, podía equivocarse con facilidad. Muchas veces suponemos lo que piensan otras personas, pero algunas veces descubrimos que no lo sabíamos y que hemos cometido una gran equivocación.

Por todo lo cual, los cuatro candidatos continuaban en liza. Miss Pinkerton había muerto y no podía ayudarle. Tenía que hacer lo que hiciera al día siguiente de su llegada a Wychwood; es decir, pesar las pruebas evidentes y considerar todas las posibilidades.

Comenzó por Ellsworthy. Aparentemente era el mejor: anormal y de personalidad perversa. Podría ser lo que se llama «un asesino morboso».

«Hagámoslo así –se dijo Luke–. Sospechemos de cada uno por turno. Por ejemplo, Ellsworthy. ¡Pensemos que el asesino era él! De momento, tomémoslo pues como cierto. Ahora consideremos a las posibles víctimas por orden cronológico. Primero Mrs. Horton. Es difícil saber qué motivos pudieron impulsarle a librarse de ella. Pero hubo un medio. Horton habló de una pócima que le hizo tomar. Pudo poner arsénico y hacérselo tomar por esta vía. La pregunta es ¿por qué?

»Ahora veamos a las demás. Amy Gibbs. ¿Por qué mató Ellsworthy a Amy Gibbs? ¡La razón evidente es porque le estorbaba! Tal vez le amenazó por incumplimiento de una promesa. O puede que, habiendo asistido a una de las orgías, le amenazase con contarlo. Lord Whitfield tiene mucha influencia en Wychwood y, según Bridget, es un hombre muy moral. Podía acusar a Ellsworthy si este último cometió algún acto muy obsceno. Por lo tanto tuvo que eliminar a Amy, aunque el método empleado no corresponda al de un asesino sádico.

»¿Quién sigue ahora? ¿Carter? ¿Por qué Carter? Era

poco probable que conociera la celebración de las orgías. ¿O se lo había dicho Amy? ¿Estaría mezclada su bella hija? ¿Le hizo la corte Ellsworthy? Debía entrevistarse con Lucy Carter. Quizás insultase a Ellsworthy y éste se ofendiera. Quien ha cometido dos o tres asesinatos no debe necesitar demasiados motivos para cometer otro.

»Ahora sigue Tommy Pierce. ¿Por qué mató Ellsworthy a Tommy Pierce? Muy fácil. Tommy había asistido a uno de los rituales de medianoche y le amenazó con contarlo. Quizás lo hizo y, por ello, le cerró la boca para siempre.

»El doctor Humbleby. ¿Por qué le mató Ellsworthy? ¡Éste es el más sencillo de todos! Humbleby era médico y había notado que su mentalidad no era normal. Puede que se dispusiese a hacer algo y por eso le eliminó. El método era algo desconcertante. ¿Cómo supo que moriría por envenenamiento de la sangre? ¿O murió de otra cosa? ¿Fue mera coincidencia lo del envenenamiento por el rasguño en su dedo?

»La última del lote era miss Pinkerton. Los miércoles cierra más temprano. Ellsworthy pudo haber ido a la ciudad ese día. ¿Tendría coche? Nunca le he visto con uno, pero eso no prueba nada. Pudo saber que miss Pinkerton sospechaba de él y no quiso dar ocasión a que Scotland Yard creyera su historia, donde puede que le conocieran.

»Éste es el caso contra Ellsworthy. Ahora veamos su defensa. En primer lugar no es el hombre, según miss Waynflete, de quien pudo sospechar miss Pinkerton. Y, por otra parte, no encaja en la vaga impresión que tengo de él. Al oírla me imaginé a un hombre muy distinto a Ellsworthy. Un hombre normal, por fuera, quiero decir, una persona de quien nadie sospecharía. Ellsworthy no inspira esa confianza. No, más bien saqué la impresión de un hombre como el doctor Thomas.

»Veamos. ¿Qué hay del doctor Thomas? Lo eliminé de la lista después de mi entrevista. Es un sujeto muy simpático y de aspecto inofensivo. Pero la principal característica del criminal, a menos que estuviese completamente equivocado, es que debe ser una persona así. ¡La última a quien uno considera un asesino! Lo cual es exactamente lo que se piensa al ver al doctor Thomas.

»Ahora sigamos el repaso. ¿Por qué mató el doctor Thomas a Amy Gibbs? La verdad es que no me parece probable que lo hiciera, pero ella fue a verle aquel mismo día y fue quien le dio la botella del jarabe para la tos. Supongamos que fuese ácido oxálico. ¡Hubiese sido muy sencillo y astuto! ¿A quién llamaron cuando la encontraron envenenada, a Humbleby o a Thomas? De haber sido Thomas, pudo llevar una botella vieja de tinte, ponerla sobre la mesa sin que se percatasen, y llevarse tan fresco las dos botellas para analizarlas. ¡Se puede hacer si se tiene suficiente sangre fría!

»¿Y Tommy Pierce? Tampoco veo una razón plausible. Lo más difícil de nuestro doctor Thomas es el motivo. No encuentro ni siquiera un motivo absurdo. ¿Y Carter? ¿Por qué habría de querer hacerlo desaparecer? Lo único posible es que Amy, Tommy y el tabernero, supieran alguna cosa del doctor Thomas que fuera perjudicial para él. ¡Ah! Supongamos que esa cosa fuera la muerte de Mrs. Horton. Él era su médico y ella murió de una inesperada recaída. Pudo producírsela con facilidad. Recordemos que Amy Gibbs estaba en la casa por aquel entonces. Pudo ver u oír lo sucedido. Eso explicaría su muerte. Sabemos que Tommy Pierce era muy entrometido y no es de extrañar que se enterara. ¿Dónde encaja Carter? Amy Gibbs se lo diría y él tal vez lo repitió ante los contertulios, por lo que Thomas decidiría hacerle callar. Todo esto, claro, son meras conjeturas. Pero ¿qué otra cosa puedo hacer? Ahora vamos con Humbleby. ¡Ah! Por fin llegamos a una víctima perfectamente explicable por los motivos y el medio empleado. Nadie mejor que el doctor Thomas pudo producir el envenenamiento de la sangre de su colega e infectar la herida cada vez que le vendaba. Quisiera que las otras muertes fuesen tan fáciles de explicar.

»¿Y miss Pinkerton? Es algo más difícil, pero hay un hecho definitivo. El doctor Thomas estuvo ausente de Wychwood buena parte del día. Dijo que fue a atender un parto. Puede ser, pero subsiste el hecho de que salió del pueblo en coche.

»¿Algo más? Sí, una cosa. La mirada que me dirigió cuando salía de su casa el otro día: superior, condescendiente, con la sonrisa de un hombre que me llevaba del ronzal y lo sabía.»

Luke suspiró, meneó la cabeza y continuó con sus razonamientos.

«¿Abbot? También es un hombre adecuado. Es normal, educado, respetable, el último de quien se sospecharía, etcétera, etcétera. Es engreído y resuelto. ¡Los asesinos acostumbran serlo! Tienen un enorme complejo de superioridad. Creen que nadie les va a descubrir. Amy Gibbs fue a verle. ¿Para qué? ¿Tal vez quería un consejo profesional? ¿O fue por un asunto íntimo? Tommy vio «la carta de una dama». ¿Sería suya? ¿O era una carta escrita por Mrs. Horton de la que se había apoderado Amy Gibbs? ¿Qué otra mujer habría escrito a Mr. Abbot una carta tan personal que le hiciera perder el dominio de sus nervios cuando el botones la leyó? ¿Qué más podemos pensar de Amy Gibbs? ¿El tinte para sombreros? Sí, era muy propio de Abbot emplear un color tan pasado de moda. Los hombres como él siempre ignoran lo que llevan las mujeres. ¿Y Tommy Pierce? Evidentemente por lo que respecta a la carta, debía de ser muy interesante. ¿Carter? ¿Hubo alguna discusión por causa de la hija de Carter? Abbot no estaría dispuesto a montar un escándalo por que un rufián como Carter se atreviese a amenazarlo. ¡Él, que acababa de cometer dos asesinatos! ¡Pues otro más y aquí no ha pasado nada! La noche era oscura y bastó un empujón. La verdad es que esto de asesinar es casi demasiado fácil.

»¿He conseguido captar la mentalidad de Abbot? Creo que sí. Vio que una anciana le miraba con recelo, que sospechaba de él. Luego Humbleby. ¡Pobre Humbleby, osó descubrir a Abbot, el asesino inteligente! ¡Qué poco imaginaba lo que iba a ocurrirle!

»Y ahora ¿qué? Volvamos a la mirada de Lavinia Pinkerton. Comprendió que sus ojos acababan de delatarle. Él, que confiaba en no levantar sospechas, había confesado su culpabilidad. Miss Pinkerton conocía su secreto, lo que había hecho. Sí, pero no tenía pruebas. Pero, ¿y si las buscaba? Supongamos pues que hablase. Sabe catalogar a las personas. Adivina lo que se disponía a hacer. Si iba a Scotland Yard con su historia, podría ser que la creyeran y empezasen a hacer averiguaciones. Había que hacer algo desesperado para impedirlo. ¿Salió en coche de Wychwood o alquilaría uno en Londres? Sea como fuere, el caso es que estuvo lejos de aquí el día del Derby.»

De nuevo, Luke hizo una pausa. Estaba tan absorto en su trabajo que se le hacía difícil hacer una transición entre cada uno de los sospechosos. Tuvo que esperar un minuto antes de imaginar al comandante Horton como presunto asesino.

«Horton mató a su esposa. ¡Comencemos por ahí! Tuvo sobrados motivos y, además, ganó mucho con su muerte. Para poder llevar a cabo con éxito su plan, tuvo que simular estar muy enamorado. Y algunas veces exageró un poco.

»Perfecto, un crimen cometido impunemente. ¿Quién sigue ahora? Amy Gibbs. Sí, muy verosímil. Amy estaba en su casa, pudo ver algo, por ejemplo cómo administraba un somnífero a su esposa en una taza de té. Tal vez ella no comprendió el significado hasta mucho después. El truco del tinte para sombreros podía habérsele ocurrido al comandante, un hombre muy masculino, poco al corriente de los gustos femeninos. Resuelto lo de Amy.

»¿Y el borracho Carter? La misma sugerencia anterior. Amy debió decírselo. Otro al que no había más remedio que eliminar.

»Ahora, Tommy Pierce. Tenemos que volver a insistir en que era muy entrometido. La carta que leyó en el despacho de Mr. Abbot, ¿pudo ser la acusación de Mrs. Horton de que su esposo la envenenaba? Es sólo una atrevida suposición, pero podría ser. De esta manera, Horton cae en la cuenta de que Tommy es una amenaza, así que sigue la misma suerte de Amy y Carter. ¿Es fácil matar? ¡Cielos, vaya si lo es!

»Pero ahora llegamos a un punto más difícil. ¡Humbleby! ¿Motivos? Muy pocos. Humbleby atendía primero a Mrs. Horton. No supo comprender su enfermedad. ¿No influiría Horton en su esposa para que cambiase de médico? Thomas era más joven, menos suspicaz. De ser así, ¿por qué se convirtió en peligroso tanto tiempo después?

Ahí está la dificultad, en el motivo de su muerte, y en el medio: una herida infectada. Todo ello no se relaciona con el comandante Horton.

»¿Y miss Pinkerton? Es muy posible. Tiene coche. Yo lo vi. Y ese día no estuvo en Wychwood, por lo visto fue al Derby. Puede ser. ¿Será Horton un asesino a sangre fría? ¿Lo es? Me gustaría saberlo.»

Luke repasó sus deducciones desde el principio. Su ceño fruncido demostraba el esfuerzo mental que estaba realizando.

«Es uno de ellos. No creo que sea Ellsworthy, ¡pero quién sabe! ¡Es el más sospechoso! Thomas es el menos probable, a no ser por el medio empleado en la muerte de Humbleby. El envenenamiento de la sangre indica a un asesino científico. Pudo ser Abbot. No hay tantas pruebas contra él como contra los demás, pero encaja mejor que los otros. ¡Y pudo ser Horton! Dominado durante años por su esposa, consciente de su insignificancia. Sí pudo ser. Pero miss Waynflete no opina así, no es tonta y conoce el lugar y la gente.

»¿De quién sospecha, de Abbot o de Thomas? Debe ser de uno de los dos. Quizá si le pregunto directamente "¿Cuál de los dos?", me lo dirá.

»Pero así y todo, puede equivocarse. ¿Cómo probar que tiene razón? ¿Cómo se lo demostró miss Pinkerton a sí misma? Lo que necesito son más pruebas. Si se cometiera otro asesinato, sólo uno más..., entonces lo sabría.»

Y se detuvo sobresaltado ante tal idea.

–¡Dios mío! –dijo por lo bajo–. ¡Lo que pido es otro asesinato!

15

EXTRAÑA CONDUCTA DEL CHÓFER

En la barra de Las Siete Estrellas, Luke bebía una cerveza bastante incómodo. Seis pares de ojos seguían sus menores movimientos. Las conversaciones habían cesado al verle entrar. Luke hizo algunos comentarios de interés general, como son las cosechas, el tiempo, el fútbol, pero no halló respuesta.

Sólo le quedaba el recurso de piropear a la bella muchacha de cabellos negros y rojas mejillas que servía tras el mostrador, y que supuso era Lucy Carter.

Sus frases fueron recibidas de buen grado. Miss Carter rió al decir: «¡Vamos! ¡Apuesto a que no piensa lo que dice!», y cosas por el estilo.

Al ver que no sacaba nada quedándose, terminó la cerveza y salió. Caminó por el sendero hasta llegar a la pasarela que cruzaba el río. La contemplaba cuando una voz temblorosa dijo a sus espaldas:

—Aquí es, señor. Aquí cayó el viejo Harry.

Luke se giró en redondo, encontrándose ante uno de los contertulios, precisamente el más silencioso. Por lo visto, ahora se disponía a divertirse guiándole al tétrico lugar.

—Fue a parar encima del barro —le dijo el campesino—. Y quedó cabeza abajo.

–Es extraño que pudiera caerse desde aquí –comentó Luke.

–Estaba borracho –dijo el otro con indulgencia.

–Sí, pero debía de haber pasado muchas veces por este lugar en ese mismo estado.

–Casi todas las noches –dijo el improvisado guía–. Siempre estaba borracho.

–Puede que alguien le empujara –dijo Luke como si se le acabara de ocurrir.

–Pudiera ser. Pero no sé quién.

–Debió de tener algunos enemigos. ¿No dicen que tenía bastante mal genio cuando andaba bebido?

–¡Daba miedo oírle! No medía sus palabras. Pero nadie empujaría a un hombre borracho.

Luke no discutió esta opinión. Era evidente que no es muy divertido aprovecharse de la inferioridad de un hombre en ese estado. El campesino parecía sorprendido por la idea.

–Fue una lamentable desgracia –dijo Luke.

–Para sus familiares no –dijo el viejo–. Su esposa y Lucy no tienen por qué estar tristes.

–Puede que haya otras personas que se alegren de su muerte.

El viejo no parecía estar muy seguro.

–Puede ser –dijo–, pero nunca quiso mal a nadie.

Y con este epitafio dedicado al fallecido Mr. Carter, se separaron.

Luke dirigió sus pasos hacia la antigua casa feudal. Las dos habitaciones de la fachada estaban dedicadas a la biblioteca. Luke pasó a la parte de atrás por una puerta en la que se leía «Museo». Una vez dentro, fue de una vitrina a otra para contemplar lo que en ellas se exhibía.

Algo de alfarería romana y monedas, curiosidades de los mares del Sur y un tocado malayo, varios ídolos indios «donados por el comandante Horton», junto con un buda de aspecto malvado y una vitrina llena de abalorios de dudosa procedencia egipcia.

Luke volvió al vestíbulo. No había nadie. Sin hacer ruido, subió la escalera hasta llegar a una habitación llena de revistas y periódicos, y otra dedicada a libros de texto.

Subió un piso más. Había habitaciones repletas de lo que él llamaba cachivaches: pájaros disecados, retirados del museo por los desperfectos ocasionados por la polilla, montones de revistas deterioradas y estantes cubiertos de novelas pasadas de moda y libros infantiles.

Se aproximó a la ventana. Tommy Pierce se había sentado allí silbando para limpiar de vez en cuando algún cristal cuando oyó que alguien entraba.

Sí, alguien había entrado. Tommy habría mostrado su celo limpiando los cristales con medio cuerpo fuera y, entonces, alguien se había acercado y, mientras hablaba, le dio un empujón.

Luke dio media vuelta. Bajó la escalera y permaneció un par de minutos en el vestíbulo. Nadie le había visto entrar por la puerta, ni nadie le había visto subir la escalera.

«¡Cualquiera pudo hacerlo! —se dijo—. Es la cosa más sencilla del mundo.»

Se oyeron pasos procedentes de la biblioteca. Puesto que era inocente y no tenía por qué ocultarse, se quedó donde estaba. Si no hubiese querido ser visto, ¡qué fácil habría sido entrar en el museo!

Miss Waynflete salió de la biblioteca con un montón de libros bajo el brazo. Se estaba poniendo los guantes y parecía feliz y satisfecha. Al verle, se iluminó su semblante y exclamó:

–¡Oh, Mr. Fitzwilliam! ¿Ha visitado el museo? No tenemos muchas cosas interesantes. Lord Whitfield quiere traernos algunas realmente buenas.

–¿Sí?

–Sí, algo moderno, ¿sabe usted?, y de actualidad, como tienen en el museo de las ciencias de Londres. Modelos de aviones, locomotoras y algo de química.

–Eso quizás lo animaría.

–Sí. No creo que un museo deba tratar solamente de cosas antiguas, ¿no le parece?

–Tal vez.

–Luego podrían ponerse algunas muestras alimentarias, calorías y vitaminas, y todo eso. Lord Whitfield está muy entusiasmado con su campaña en pro del bienestar físico.

–Eso le oí decir la otra noche.

–Es un tema de actualidad, ¿no le parece? Lord Whitfield me contó que había visitado el Instituto Wellerman, donde vio tantos gérmenes y bacterias. Me daban escalofríos. Me habló de mosquitos, de la enfermedad del sueño y de un parásito del hígado que reconozco fue demasiado para mí.

–Probablemente lo fueron para él también –dijo Luke risueño–. Apuesto a que lo entendió todo mal. Usted tiene una inteligencia mucho más clara que él, miss Waynflete.

–Es usted muy amable, Mr. Fitzwilliam, pero me temo que las mujeres no somos unas pensadoras tan profundas como los hombres.

Luke contuvo su deseo de hablar mal de la inteligencia de lord Whitfield y, en vez de eso, dijo:

–He visitado el museo y luego subí a echar una ojeada a las ventanas de arriba.

–¿Quiere usted decir donde Tommy...? –Miss Waynflete se estremeció–. Fue horrible.

–Sí. No es un recuerdo agradable. He pasado cerca de una hora con Mrs. Church, la tía de Amy. ¡Qué mujer tan desagradable!

–Desde luego.

–Tuve que mostrarme duro –comentó Luke–. Me parece que debe de pensar que soy un superpolicía.

Se detuvo al ver el súbito cambio de expresión de miss Waynflete.

–Mr. Fitzwilliam, ¿cree usted que hizo bien?

–La verdad es que no lo sé –respondió Luke–. Creo que era inevitable. La historia de escribir un libro se agotaba, no podía seguir con ella. Tenía que preguntarle las cosas sin rodeos.

Miss Waynflete meneó la cabeza con la misma expresión de inquietud.

–En un sitio como éste, todas las cosas circulan con gran rapidez.

–Quiere usted decir que todo el mundo dirá, cuando me vean doblar una esquina: «Ahí va el detective». No creo que me importe. Así podré averiguar muchas más cosas.

–No pensaba en eso. –Miss Waynflete parecía algo impaciente–. Me refiero a que él sabrá que está sobre su pista.

–Lo supongo.

–Pero, ¿no ve que es peligrosísimo para usted? ¡Es horrible!

–¿Quiere decir... –Luke comprendió su punto de vista– que el asesino intentará eliminarme a mí?

–Sí.

–Es curioso –respondió Luke–. No se me había ocurrido. Y creo que tiene razón. Bueno, eso es lo mejor que puede ocurrir.

–¿No se da usted cuenta de que el asesino es un hombre muy listo? ¡Y prevenido! Recuerde que tiene mucha experiencia, tal vez más de la que suponemos.

–Sí –dijo Luke, pensativo–. Eso indudablemente es probable.

–¡No me gusta nada! La verdad es que estoy muy asustada.

–No necesita inquietarse –dijo Luke amablemente–. Le aseguro que estaré alerta. ¿Sabe? He reducido mucho el círculo de sospechosos. Tengo una ligera idea de quién es el asesino.

Ella le miró sorprendida. Luke se le acercó para murmurar:

–Miss Waynflete, si le pidiera que me dijese cuál de los dos considera que es, el doctor Thomas o Mr. Abbot, ¿qué me contestaría?

–¡Oh! –respondió miss Waynflete.

Se llevó las manos al pecho y dio un paso atrás mirándole con una expresión que le intrigó. Su mirada reflejaba impaciencia y algo más que no alcanzaba a entender.

–No puedo decir nada.

Se volvió con un sonido curioso, entre suspiro y sollozo.

Luke se resignó.

–¿Va para casa? –le preguntó.

–No. Iba a llevar estos libros a Mrs. Humbleby. Queda a medio camino de Ashe Manor. Podemos ir juntos un rato.

–Encantado –dijo Luke.

Bajaron la escalera y siguieron hacia la izquierda rodeando el prado.

Luke se volvió para mirar la silueta majestuosa del edificio que acababan de abandonar.

–Debió de ser una casa preciosa en tiempos de su padre –dijo.

–Sí, fuimos muy felices aquí –suspiró–. Me alegro de que no la hayan derruido, como hacen con la mayoría de las casas antiguas.

–Sí, es una lástima.

–Y la verdad es que las nuevas no están tan bien construidas.

–Dudo que duren tanto tiempo.

–Pero –dijo miss Waynflete– las nuevas son más cómodas: ahorran mucho trabajo y no tienen tantos pasillos que fregar.

Luke asintió.

Al llegar a casa del doctor Humbleby, miss Waynflete dijo:

–Hace una tarde espléndida. Si no le importa, voy a seguir un poco más en su compañía. Me encanta respirar este aire.

Aunque algo sorprendido, Luke expresó su complacencia con una frase cortés. No era precisamente una tarde apacible. Soplaba un fuerte viento, que doblaba las ramas de los árboles. Según su parecer, no tardaría en estallar una tormenta.

A pesar de todo, miss Waynflete caminaba a su lado muy contenta, sujetando su sombrero con la mano y charlando animadamente.

Tomaron un sendero solitario, que acortaba la distancia desde la casa del doctor Humbleby hasta Ashe Manor,

164

aunque no iba hasta la puerta principal, sino a una entrada de la parte de atrás. Esta entrada no estaba hecha con el mismo hierro forjado, lleno de volutas, de la verja principal, sino que consistía en dos elegantes pilares coronados por dos inmensas piñas rosas. Luke no se explicaba qué hacían allí. Lord Whitfield debía considerarlas un signo de distinción y buen gusto.

Al acercarse a la entrada, llegó hasta ellos el rumor de voces airadas. Momentos después vieron a lord Whitfield y a un joven con uniforme de chófer.

–¡Queda usted despedido! –gritaba lord Whitfield–. ¿Lo oye? ¡Está despedido!

–Si quisiera perdonarme por esta vez, milord. No volverá a suceder.

–¡No, no le perdono! ¡Salir en mi coche! ¡Mi coche! ¡Y lo que es peor, ha estado bebiendo! ¡Sí, no lo niegue! Hay tres cosas que no tolero en mi finca: una es el exceso en la bebida, otra la inmoralidad y la tercera las impertinencias.

Aunque el joven no estaba borracho en aquel momento, había bebido lo suficiente para irse de la lengua. Su actitud cambió bruscamente.

–¡Así que no consiente esto, ni lo otro, viejo sinvergüenza! ¡Su finca! ¿Cree que no sabemos que su padre tenía una zapatería? Nos morimos de risa al verle cacarear como un gallo. ¿Quién es usted? Me gustaría saberlo. No es mejor que yo. Eso es.

Lord Whitfield se volvió púrpura de rabia.

–¿Cómo se atreve a hablarme así? ¿Cómo se atreve?

El joven dio un paso hacia delante en actitud amenazadora.

–Si no fuese un cerdo miserable y barrigón, le pegaría un buen golpe en la mandíbula, ya lo creo.

Lord Whitfield se apresuró a retroceder, pero pisó una raíz y se cayó al suelo.

Luke se había aproximado.

—Salga usted de aquí —ordenó al chófer con voz áspera.

El joven recobró la compostura. Parecía asustado.

—Lo siento, señor. No sé qué me ha pasado, se lo aseguro.

—Yo diría que lleva un par de copas de más —le dijo Luke ayudando a levantarse a lord Whitfield.

—Le... le ruego me perdone, milord —tartamudeó el hombre.

—Se arrepentirá de esto, Rivers —respondió lord Whitfield con voz temblorosa por la ira.

El joven vaciló unos momentos y luego echó a andar despacio.

—¡Vaya impertinente! —exclamó el dueño de la casa—. ¡Hablarme así! ¡Le va a pasar algo muy serio! No tiene respeto, ni sentido de su posición en la vida. Cuando pienso en lo mucho que he hecho por esta gente: buenos sueldos, comodidades, una pensión cuando se jubilan... Ingratitud, siempre ingratitud. ¡Qué asco!

Entonces se percató de la presencia de miss Waynflete, que permanecía silenciosa.

—¿Eres tú, Honoria? ¡Cuánto lamento que hayas presenciado una escena tan desagradable! Ese hombre emplea un lenguaje...

—Me parece que no estaba en sus cabales, lord Whitfield —dijo miss Waynflete.

—¡Estaba bebido, eso es, bebido!

—Sólo un poco alegre —respondió Luke.

—¿Saben ustedes lo que hizo? —explicó lord Whitfield con la mirada fija en ellos—. Cogió mi coche. ¡Mi coche!

No pensó que yo regresara tan pronto. Bridget me llevó a Lyme en el dos plazas. Y ese sujeto tuvo la desfachatez de llevarse a una muchacha, Lucy Carter según creo, ¡en mi coche!

–Pues muy mal hecho –respondió miss Waynflete.

Lord Whitfield se sintió comprendido.

–Sí, ¿no le parece?

–Pero estoy segura de que se arrepentirá.

–¡Ya lo creo!

–Lo ha despedido, ¿verdad?

Lord Whitfield asintió con la cabeza.

–Ese individuo acabará mal. –Se irguió echando atrás los hombros y dijo–: Acompáñame, Honoria, y tomaremos una copa de jerez.

–Gracias, pero debo llevar estos libros a Mrs. Humbleby. Buenas noches, Mr. Fitzwilliam. Ahora está usted a salvo.

Le dirigió una inclinación de cabeza y echó a andar con paso enérgico. Su actitud era la de una institutriz que acompaña a un niño a una fiesta, y Luke se vio asaltado por una idea repentina. ¿Sería posible que le hubiese acompañado para protegerle? Le parecía ridículo, pero...

La voz de lord Whitfield interrumpió sus meditaciones.

–Honoria Waynflete es una mujer muy competente.

–Mucho, ya lo creo.

Su Señoría echó a andar hacia la casa con bastante dificultad y frotándose la parte dolorida.

De pronto, se puso a reír.

–Honoria y yo fuimos novios hace muchos años. Era una muchacha muy atractiva, no estaba tan flaca como en la actualidad. Ahora me parece extraño. Eran los aristócratas del lugar.

–¿Sí?

–El coronel Waynflete dominaba el cotarro. Había que saludarlo con la mano en la gorra, sin la menor imperfección. Era de la vieja escuela, más soberbio que Lucifer.

Y de nuevo se echó a reír.

–¡La que se armó cuando Honoria les anunció que iba a casarse conmigo! Ella se definía como radical. Era muy entusiasta. Estaba a favor de la desaparición de las clases sociales. Una muchacha muy seria.

–¿Así que su familia rompió el idilio?

–Pues no exactamente. –Lord Whitfield se frotó la nariz–. A decir verdad, tuvimos una discusión. Ella tenía un canario, uno de esos que no paran de cantar, siempre los he aborrecido, y acabó con el pescuezo retorcido. Bueno, ¿para qué hablar de ello? Olvidémoslo.

Se encogió de hombros como quien se sacude un recuerdo desagradable, uno de esos recuerdos molestos, y añadió:

–No creo que me haya perdonado. Bueno, puede que sea natural.

–Yo opino que ya le ha perdonado –dijo Luke.

–¿De veras? –el rostro del lord se iluminó–. Sabe que la respeto. Es una mujer muy capaz y toda una señora. Eso es muy importante, incluso en nuestros días. Lleva muy bien la biblioteca.

De pronto, su voz cambió.

–¡Hola! –dijo–. Ahí viene Bridget.

16

LA PIÑA

Luke sintió que todos sus músculos se ponían en tensión mientras Bridget se aproximaba.

No habían vuelto a verse a solas desde el día del partido de tenis. De mutuo acuerdo procuraban evitarse, pero ahora la miró.

Ella mostraba una calma provocativa, fría e indiferente.

—Ya empezaba a preguntarme qué había sido de ti, Gordon —dijo alegremente.

—¡He tenido una discusión! Ese individuo, Rivers, ha cometido la impertinencia de coger el Rolls.

—*Lèse majesté* —señaló Bridget.

—No me parece bien que hagas chistes. Esto es serio. Salió con una muchacha.

—¡No creo que fuese muy divertido salir solo!

—En mi casa quiero que todos se comporten con moralidad.

—Hoy en día no se considera inmoral pasear en coche con una chica.

—Lo es cuando se trata de mi coche.

—Lo cual, naturalmente, constituye algo peor que una inmoralidad. Casi es una profanación. Pero tú no puedes alterar la atracción física, Gordon. Hay luna llena y esta noche es víspera de San Juan.

—¿De veras? —preguntó Luke sorprendido.

Bridget se dignó mirarle.

—Parece que le interesa.

—Sí.

—Acaban de llegar tres personajes extraordinarios al Cascabeles y Arlequín. —Bridget se dirigió a Lord Whitfield—. Un hombre vestido con pantalones cortos, gafas y una preciosa camisa de seda color ciruela. Una señora sin cejas, con una especie de túnica, una libra de abalorios egipcios y sandalias, y un hombre gordo con un traje color lila y zapatos a juego. ¡Supongo que deben de ser amigos de Mr. Ellsworthy! Dice el chismorreo local: «Se rumorea que esta noche habrá una buena jarana en el prado de las Brujas».

Lord Whitfield se puso rojo como la grana:

—¡No lo permitiré!

—No puedes evitarlo, cariño. El prado de las Brujas es público.

—¡No consentiré que celebren allí sus tonterías sacrílegas! Lo publicaré en *Scandals*. —Hizo una pausa antes de continuar—: Recuérdame que le dé una nota a Siddely para que se ocupe del tema. Tengo que ir mañana a la ciudad.

—La campaña de lord Whitfield contra la brujería —cantó Bridget—. Las supersticiones del medievo aún perduran en los pueblos.

Lord Whitfield la miró con el entrecejo fruncido, luego dio media vuelta y echó a andar hacia la casa.

—¡Deberías representar mejor tu papel, Bridget! —dijo Luke complacido.

—¿Qué quieres decir?

–¡Sería una lástima que perdieras tu empleo! Aún no tienes las cien mi libras ni las perlas ni los diamantes. Si estuviese en tu lugar, esperaría a que se hubiese celebrado la ceremonia matrimonial para ejercer mis dotes sarcásticas.

–¡Piensas en todo, querido Luke! –dijo ella mirándole fríamente–. ¡Eres muy amable al inquietarte por mi porvenir!

–La bondad y la consideración han sido siempre mis puntos fuertes.

–No lo había notado.

–¿No? ¡Qué raro!

Bridget arrancó una hoja de una enredadera.

–¿Qué has hecho hoy?

–Las investigaciones de costumbre.

–¿Con resultado?

–Sí y no, como dicen los políticos. A propósito, ¿tienen herramientas en esta casa?

–Supongo que sí. ¿Qué clase de herramientas?

–¡Oh!, tan sólo algunas cosillas. Puedo cogerlas yo mismo.

Diez minutos más tarde, Luke había seleccionado lo que le interesaba del estante de un armario.

–Éstas me irán de primera –dijo palméandose el bolsillo donde las había guardado.

–¿Es que te propones forzar alguna casa?

–Tal vez.

–No eres muy comunicativo.

–Después de todo, la situación está minada de dificultades. Estoy en una posición endiablada. Supongo que debí marcharme después de nuestra charla del sábado.

–Si quieres comportarte como un caballero, desde luego.

–Pero, puesto que estoy convencido de que sigo de cerca la pista de un maniático homicida, me veo obligado a quedarme. Si se te ocurre alguna razón convincente para que me marche de aquí y me traslade al Cascabeles y Arlequín, por favor, dímela.

–No es posible. Te creen primo mío. Además, la posada está ocupada por los amigos de Mr. Ellsworthy. Sólo tiene tres habitaciones.

–Así que me veo obligado a quedarme, pese a lo mucho que te molesta.

–No lo creas. –Bridget le sonrió dulcemente–. Estoy acostumbrada a soportar a mis admiradores.

–Eso –dijo Luke– no tiene ninguna gracia. Lo que más admiro de ti, Bridget, es la carencia absoluta de bondad. Bueno, bueno, el amante despreciado va a cambiarse para la cena.

La velada pasó sin más incidentes. Luke se ganó la simpatía de lord Whitfield por la aparente atención con que escuchaba su discurso nocturno.

Cuando pasaron al salón, Bridget les dijo:

–Nos han dejado solas mucho rato, caballeros.

–Lord Whitfield tiene una conversación tan interesante que nos ha pasado el tiempo volando –dijo Luke–. Me ha contado cómo fundó su primer periódico.

–Estos arbolitos frutales en tiestos son una maravilla, Gordon –intervino Mrs. Anstruther–. Tendrías que poner unos cuantos en la terraza.

La conversación continuó en la tónica habitual. Luke se retiró temprano, aunque no para dormir. Tenía otros planes.

Al dar las doce descendió la escalera con sus zapatillas de tenis para no hacer ruido, cruzó la biblioteca y salió por uno de los ventanales.

El viento soplaba con violencia, aunque en ráfagas intermitentes. Las nubes cruzaban el cielo y cubrían la luna de modo que la oscuridad se alternaba con la brillante luz.

Luke, dando un rodeo, se dirigió al establecimiento de Mr. Ellsworthy. Veía el camino libre para proceder a una pequeña inspección. Estaba casi seguro de que el dueño y sus amigos estarían ausentes en una fecha como ésta. La víspera de San Juan tenía que ser muy apropiada para sus ceremonias. Por tanto, era una buena ocasión para inspeccionar la casa de Mr. Ellsworthy.

Saltando una tapia, llegó a la parte posterior de la casa, sacó las herramientas de su bolsillo y seleccionó la que creyó conveniente. Una ventana era perfecta para sus propósitos. Pocos minutos después había hecho saltar el pestillo y entraba en el interior.

Iba provisto de una linterna y la usó con prudencia. Lanzó sólo un destello para ver el camino y evitar tropezar con los muebles.

Un cuarto de hora más tarde, estaba convencido de que no había nadie en la casa. El propietario estaba fuera ocupado en sus propios asuntos.

Luke sonrió satisfecho y comenzó su tarea.

Realizó una búsqueda minuciosa en todos los rincones y recovecos. En un cajón cerrado con llave, debajo de dos o tres inocentes bocetos a la acuarela, encontró otras muestras de los esfuerzos artísticos de Mr. Ellsworthy, que le hicieron alzar las cejas con un silbido. La correspondencia no le dijo nada, pero algunos de los libros, amontonados en la parte de atrás de un armario, llamaron su atención.

Además de esto, encontró tres detalles interesantes.

El primero, una nota escrita con lápiz en una libretita: «*En paz con Tommy Pierce...*», y con fecha de dos días antes de la muerte del muchacho. El segundo era un boceto a lápiz de Amy Gibbs con el rostro atravesado por una cruz roja. Y el tercero, una botella de jarabe para la tos. Ninguna de estas cosas era una prueba decisiva, pero juntas constituían una esperanza.

Luke comenzaba a colocar las cosas en su lugar cuando, de repente, se quedó inmóvil y apagó la linterna.

Acababa de oír el ruido de una llave en la cerradura.

Se dirigió a la puerta de la habitación y espió por una rendija. Confiaba en que si era Ellsworthy fuese directamente arriba.

Se abrió la puerta y Ellsworthy encendió la luz al entrar. Luke le vio la cara mientras cruzaba el vestíbulo y contuvo la respiración.

Estaba irreconocible. El paso inseguro, la boca espumeante y los ojos iluminados por una expresión de locura mientras daba saltitos.

Pero lo que privó de respiración a Luke fueron sus manos. Estaban teñidas de rojo oscuro, el color de la sangre seca.

Desapareció por la escalera. Momentos después, se apagó la luz del vestíbulo.

Luke aguardó un poco más, abandonó el cuarto, llegó al lavadero y salió por la ventana con grandes precauciones. Miró hacia la casa, que estaba oscura y silenciosa. Inspiró con fuerza un par de veces.

«¡Dios mío! –se dijo–. ¡Ese hombre está loco! ¿Qué es lo que habrá hecho? Juraría que llevaba las manos manchadas de sangre.»

Regresó a Ashe Manor, dando una vuelta por el pueblo

y por el camino más largo. Al llegar al último recodo, oyó un ruido entre los arbustos que le hizo volverse bruscamente.

—¿Quién anda ahí?

Una figura alta, envuelta en una capa oscura, salió de detrás de un árbol. Parecía algo tan siniestro que al joven se le heló la sangre. Entonces reconoció el semblante pálido debajo de la capucha.

—¡Bridget! ¡Vaya susto!

—¿Dónde has estado? —replicó con aspereza—. Te he visto salir.

—¿Y me has seguido?

—No. Ibas demasiado rápido. He esperado a que volvieras.

—¡Qué tontería! —gruñó Luke.

Ella repitió impaciente su pregunta:

—¿Dónde has estado?

—He allanado la mansión de Mr. Ellsworthy —respondió jocosamente.

—¿Encontraste algo?

—No lo sé. Sé algunas cosas más sobre ese puerco, sus gustos pornográficos y todo eso, y encontré tres cosas que pueden resultar interesantes.

Ella escuchó con atención el relato de sus pesquisas.

—No es que sean muy evidentes, ¿sabes? —concluyó—. Pero cuando iba a salir regresó Ellsworthy. Y oye lo que te digo: ¡ese hombre está más loco que una cabra!

—¿De veras?

—Vi su cara: su expresión era indescriptible. ¡Dios sabe de dónde venía! Era presa de un delirio de locura. Y juraría que llevaba las manos teñidas de sangre.

Bridget se estremeció.

—Es horrible.

—No deberías haber salido, Bridget —afirmó Luke irritado—. Es una locura. Alguien podría haberte dado un golpe en la cabeza.

—Aplícate el cuento, querido —dijo ella con una risa trémula.

—Yo sé cuidar de mí mismo.

—Yo tampoco lo hago mal. Ya me imagino que vas a llamarme testaruda.

Sopló una fuerte ráfaga de aire. Luke exclamó de repente:

—Quítate la capucha.

—¿Por qué?

Con un brusco movimiento le arrancó la capa. El viento le alborotó el pelo. Ella le miró con la respiración alterada.

—La verdad es que te falta la escoba, Bridget. Así es como te vi por primera vez. —Le miró a los ojos durante unos instantes—. Eres muy cruel.

Con un suspiro de impaciencia, le devolvió la capa.

—Toma, póntela. Volvamos a casa.

—Espera.

—¿Por qué?

Se acercó para hablarle en un susurro.

—Porque tengo algo que decirte. En parte es por eso por lo que te esperé aquí, fuera de la casa. Quiero decírtelo antes de que entremos en la propiedad de Gordon.

—¿Y bien?

—¡Oh, es muy sencillo! —Ella se rió con una risa amarga—. Tú ganas, Luke. ¡Eso es todo!

—¿Qué quieres decir?

—Quiero decir que he renunciado a la idea de ser lady Whitfield.

Luke dio un paso hacia delante.

–¿Es eso cierto? –preguntó.

–Sí, Luke.

–¿Te casarás conmigo?

–Sí.

–¿Y por qué, si puede saberse?

–No lo sé. Me has dicho cosas horribles, pero me han gustado.

Él la tomó en sus brazos para besarla.

–¡El mundo está loco!

–¿Eres feliz, Luke?

–No demasiado.

–¿Crees que serás feliz conmigo?

–No lo sé. Me arriesgaré.

–Sí, eso es lo que yo opino.

–Somos bastante raros, querida. –La cogió del brazo–. Vámonos. Tal vez mañana seamos más sensatos.

–Sí, es sorprendente cómo suceden las cosas. –Miró al suelo y le hizo detenerse–. Luke... Luke..., ¿qué es eso?

La luna acababa de salir tras una nube. Luke miró el lugar donde el pie de Bridget temblaba junto a un bulto acurrucado.

Con una exclamación la soltó, se arrodilló junto al hallazgo, y desde allí alzó la vista para mirar el poste de la entrada. La piña de piedra no estaba.

Finalmente, se puso de pie. Bridget, a su lado, se tapaba la boca con las manos.

–Es el chófer, Rivers. Está muerto.

–Esa maldita piedra hace tiempo que se había soltado. Supongo que ha debido de caer sobre él.

Luke meneó la cabeza.

–No puede haber sido el viento. ¡Oh! Eso ha conseguido que parezca, eso es lo que quiere que parezca, otro accidente. Pero es mentira. El asesino ha vuelto a actuar.

—No, no, Luke.

—Te digo que sí. ¿Sabes lo que he encontrado en la parte posterior de su cabeza, mezclada con la sangre y el pelo? Granos de arena. Aquí no la hay. Te digo que alguien se ocultó para golpearle cuando cruzó la entrada. Luego le tendió aquí y después hizo caer la piña sobre él.

—Luke, tienes sangre en las manos. —Bridget habló con voz desmayada.

—Alguien más tenía sangre en las manos esta noche. ¿Sabes lo que pensaba esta tarde? Que si se cometía otro crimen podría identificar al asesino. Y ahora puedo hacerlo. ¡Es Ellsworthy! Salió esta noche y regresó con el aspecto de un poseído y con las manos manchadas en sangre.

—¡Pobre Rivers! —gimió Bridget temblorosa.

—Sí. Pobre hombre. ¡Qué mala suerte! Pero éste será el último, Bridget. ¡Ahora ya sabemos quién es y lo cogeremos!

Vio cómo se tambaleaba y, con dos zancadas, llegó a tiempo de cogerla entre sus brazos con todas sus fuerzas.

—Luke, estoy asustada —dijo con voz de niña.

—Ya pasó todo, cariño. Ya pasó todo.

—Sé bueno conmigo, por favor. Me has hecho sufrir mucho.

—Nos lo hemos hecho mutuamente, pero no volveremos a hacerlo.

17

LORD WHITFIELD HABLA

El doctor Thomas miró a Luke por encima de su mesa de despacho.

—¡Es extraordinario! ¡Extraordinario! ¿De veras habla usted en serio, Mr. Fitzwilliam?

—Desde luego. Estoy convencido de que Ellsworthy es un maníaco peligroso.

—No le he prestado una atención especial, aunque no niego que puede ser un tipo anormal.

—Yo voy mucho más lejos —afirmó Luke con severidad.

—¿Cree usted seriamente que Rivers fue asesinado?

—Sí. ¿Observó usted los granos de arena pegados a la herida?

—Me fijé después de que me lo hizo usted notar, y tengo que confesar que estaba en lo cierto.

—Entonces, está claro que no fue un accidente y que lo mataron con una porra de arena, o por lo menos que lo derribaron.

—Forzosamente, no.

—¿Qué quiere decir?

El doctor Thomas se recostó en el sillón y juntó las puntas de los dedos.

—Supongamos que ese hombre, Rivers, hubiese estado

tumbado en un arenal durante el día; hay varios en este lugar. Eso explicaría la presencia de los granos de arena en su pelo.

–¡Le digo que fue asesinado!

–Usted puede decirlo –señaló el doctor Thomas con un tono desabrido–, pero eso no constituye un hecho fehaciente.

Luke dominó su exasperación.

–Supongo que no cree ni una palabra de lo que le estoy diciendo.

–Debe admitir, Mr. Fitzwilliam –dijo Thomas con una sonrisa de superioridad–, que es una teoría bastante absurda. Usted asegura que Ellsworthy ha matado a una criada, a un mozalbete, a un tabernero borracho, a mi propio colega y ahora a Rivers.

–¿No lo cree?

El médico se encogió de hombros.

–Conozco algo del caso Humbleby. Me parece improbable que el causante de su muerte fuese Ellsworthy. No veo que tenga ninguna prueba.

–No sé cómo lo haría –confesó Luke–, pero todo concuerda con el relato que me hizo miss Pinkerton.

–También asegura que Ellsworthy la siguió hasta Londres para arrollarla con su automóvil. Tampoco tiene ninguna prueba. Todo son puras elucubraciones sin ningún fundamento.

–Ahora que sé a qué atenerme, me dedicaré a la búsqueda de pruebas –proclamó Luke–. Mañana voy a ir a Londres a ver a un amigo mío. He leído en el periódico que le han nombrado subjefe de Policía. Me conoce y escuchará lo que tengo que decirle. Estoy seguro de que ordenará una investigación en toda regla.

El doctor Thomas se frotó la barbilla, pensativo.

—Bien, lo creo muy correcto por si resulta que está equivocado.

—¿De modo que no ha creído ni una palabra? —le interrumpió Luke.

—¿De los asesinatos en serie? —enarcó las cejas—. Con franqueza, Mr. Fitzwilliam, no. Es demasiado fantástico.

—Tal vez, pero concuerda. Tiene que admitir que todo encaja, si admite como cierta la historia de miss Pinkerton.

El doctor Thomas meneó la cabeza y esbozó una sonrisa.

—Si conociera a esas solteronas tan bien como las conozco yo... —murmuró.

Luke se puso de pie, mientras intentaba contener su contrariedad.

—Está claro que hace usted honor a su nombre. Le domina la duda como a Santo Tomás.

—Déme pruebas, querido amigo —respondió el otro de buen humor—. Es todo lo que le pido. Y no este galimatías melodramático basado en lo que creyó ver una anciana.

—Lo que imaginan esas damas acostumbra ser cierto. Mi tía Mildred no fallaba nunca. ¿Tiene usted tías, Mr. Thomas?

—Pues no.

—¡Grave error! —dijo Luke—. Todos los hombres deberían tenerlas. Son la demostración del triunfo de la corazonada sobre la lógica. Es privilegio de ellas saber que Mr. X es un bribón por parecerse a un mayordomo poco honrado que tuvimos una vez. Otras personas opinarían que un hombre tan respetable no puede ser un pícaro, pero ellas siempre tienen razón.

El doctor Thomas volvió a dedicarle una sonrisa de suficiencia. Luke sintió crecer su exasperación.

—¿No se da cuenta de que soy un policía y no un simple aficionado?

—¡En Mayang Straits! —respondió el otro con una sonrisa.

—El crimen es un crimen aunque sea en Mayang Straits.

—Claro, claro.

Luke abandonó el consultorio del doctor Thomas en un estado de irritación contenida y fue a reunirse con Bridget.

—Bueno, ¿cómo te ha ido?

—No ha querido creerme —le dijo Luke—. Lo cual, si lo meditas bien, no deja de ser bastante lógico. Es una historia absurda, sin prueba alguna, y el doctor Thomas es un hombre que no cree seis cosas imposibles antes de desayunar.

—Alguien te creerá.

—Probablemente nadie, pero mañana, cuando hable con el viejo Billy Bones, este asunto empezará a marchar. Interrogarán a nuestro melenudo amigo Ellsworthy, y es posible que al final consigan algo.

Bridget comentó, pensativa:

—Nos estamos exponiendo mucho, ¿no te parece?

—Tenemos que hacerlo. No podemos permitir que se cometan más asesinatos.

—Por Dios, Luke, ten cuidado —dijo Bridget con un escalofrío.

—Ya lo tengo. No me acerco a las verjas rematadas con piñas de piedra, evito pasar por el bosque al atardecer y vigilo los alimentos que ingiero. Conozco los trucos.

—Es horrible pensar que eres un hombre marcado.

–Me da lo mismo mientras tú no lo estés.

–Puede que sí.

–No lo creo, pero no tengo intención de arriesgarme. Voy a vigilarte como si fuese tu ángel de la guarda.

–¿Y no sería mejor decírselo a la policía local?

–No. Creo que es mejor ir directamente a Scotland Yard.

–Así opinaba miss Pinkerton –murmuró la muchacha.

–Sí, pero yo estaré prevenido.

–Ya sé lo que haré mañana –dijo Bridget–. Haré que Gordon me lleve a la tienda de esa bestia y compraremos de todo.

–¿Para evitar que Mr. Ellsworthy no me tienda una emboscada en la escalera de Whitehall?

–Exacto.

–Y en cuanto a lord Whitfield... –señaló Luke un tanto violento.

Bridget se apresuró a contestar:

–Esperaremos a que vuelvas mañana. Entonces le hablaremos.

–¿Crees que se enfadará?

–Pues... –Bridget pensó lo que iba a decir–. Le contrariará.

–¿Sólo contrariarle? ¡Cielos! ¿No lo pones demasiado fácil?

–No, porque a Gordon no le gusta que le contraríen. ¡Le enfurece!

–Me siento muy incómodo –dijo Luke sinceramente.

Aquel sentimiento creció en su mente, mientras escuchaba aquella noche por enésima vez el discurso de lord Whitfield sobre lord Whitfield. Tenía que admitir que era una mala pasada estar en casa de un hombre y quitarle la novia. Sin embargo, le consolaba pensar que un pelele como él no debió aspirar nunca al cariño de Bridget.

Como le remordía la conciencia, le escuchó con más atención que nunca y, por lo tanto, su anfitrión quedó muy impresionado.

Esa noche, lord Whitfield estaba de muy buen humor. La muerte del chófer parecía regocijarle más que deprimirle.

—Ya le dije que ese individuo acabaría mal —afirmó mientras contemplaba al trasluz su copa de oporto—. ¿No se lo dije ayer tarde precisamente?

—Sí, señor.

—¡Y ya ve que tenía razón! ¡Es sorprendente cómo acierto!

—Debe de ser una suerte —comentó Luke.

—Mi vida ha sido maravillosa. Sí, ¡maravillosa! El camino iba limpiándose ante mí. Siempre he tenido fe y he confiado en la Providencia. Ése es el secreto, Mr. Fitzwilliam. ¡Ése es el secreto!

—¿Sí?

—Soy un hombre religioso. Creo en el bien y el mal, y en la justicia divina. No hay nada como la justicia divina, no lo dude, Fitzwilliam.

—También yo creo en la justicia.

Como de costumbre, lord Whitfield no mostró interés por las creencias de los demás.

—Al que se porta bien con nuestro Creador, éste no le abandona. Soy un hombre honesto. Estoy suscrito a varios centros caritativos y he ganado mi dinero honradamente. ¡No estoy obligado con nadie! Recuerde el pasaje de la Biblia que nos habla de los patriarcas, que prosperaban aumentando sus rebaños, mientras sus enemigos eran aplastados.

–Cierto, cierto –respondió Luke, ocultando un bostezo.

–Es sorprendente –dijo lord Whitfield– la forma en que son eliminados los enemigos de los hombres honrados. Fíjese en lo de ayer. Ese individuo me insultó hasta el extremo de llegar a levantarme la mano. ¿Y qué ha sucedido? ¿Dónde está ahora ese sujeto?

Hizo una pausa efectista y luego se contestó a sí mismo con voz altisonante:

–¡Muerto! ¡Aniquilado por la ira divina!

–Un castigo tal vez excesivo por unas palabras dichas con unas copas de más –opinó Luke, abriendo un poco los ojos.

–¡Siempre es así! El castigo llega deprisa y de una manera terrible. Recuerde a aquellos niños que se mofaron del profeta Eliseo, y fueron devorados por los osos. Así ocurren las cosas, Fitzwilliam.

–Siempre lo consideré demasiado vengativo.

–No, no. Está usted equivocado. Eliseo era un gran hombre y muy santo. ¡Quien le insultase no podía seguir viviendo! ¡Yo lo comprendo porque es mi propio caso!

Luke le miró extrañado y lord Whitfield bajó la voz.

–Al principio no quería creerlo. ¡Pero así ha sucedido cada vez! Mis enemigos y detractores han sido siempre derribados y exterminados.

–¿Exterminados?

–Uno tras otro. Uno de los casos fue muy parecido al de Eliseo: era un muchachito. Lo tenía empleado en mi casa y un día me lo encontré en el jardín. ¿Sabe qué estaba haciendo? Imitándome... ¡a mí! ¡Burlándose de mí! Y ante todo un auditorio. Estaba divirtiéndose a mi costa en mi propia casa. ¿Sabe lo que ocurrió? ¡Diez días más tarde cayó desde una ventana y se mató! Luego ese rufián de Carter: un borracho de lengua endiablada. Vino aquí para insultarme: acabó ahogado en el barro. Y aquella sirvienta: me alzó la voz y me agravió. Pronto llegó su castigo. ¡Bebió veneno por error! Aún puedo contarle más. Humbleby osó oponerse a mis proyectos de conducción de agua y murió por envenenamiento de la sangre. Y así ha sucedido durante años y años. Mrs. Horton, por ejemplo, fue muy poco amable conmigo y no pasó mucho tiempo antes de que abandonara este mundo.

Hizo una pausa e, inclinándose hacia delante, le ofreció la botella de oporto.

–Sí –continuó–. Todos murieron. Es sorprendente, ¿verdad?

Luke se le quedó mirando. ¡Una sospecha monstruosa iba creciendo en su mente! Veía bajo un nuevo aspecto al hombrecillo rechoncho sentado a la cabecera de la mesa y que tan bonachonamente sonreía.

A su cerebro acudieron como un rayo recuerdos pasados. El comandante Horton diciendo: «Lord Whitfield era muy amable, nos mandaba uvas y melocotones de su invernadero». Fue él quien insistió para que dejasen limpiar las ventanas de la biblioteca a Tommy Pierce. Y fue lord Whitfield quien visitó el Instituto Wellerman Kreitz, con sus gérmenes y sueros, poco tiempo antes de la muerte del doctor Humbleby. Todo señalaba en la misma dirección, y él... Qué tonto había sido, sin sospechar nada.

Lord Whitfield repetía, sonriente y feliz:

–Todos murieron.

18

CONFERENCIA EN LONDRES

Sir William Ossington, conocido entre sus camaradas de juventud por Billy Bones, miró con incredulidad a su amigo.

–¿Es que no tuviste bastantes crímenes en Mayang? ¿Has tenido que volver a casa y meterte en nuestro trabajo?

–En Mayang no se cometen crímenes al por mayor –respondió Luke–. Ahora persigo al autor de media docena de muertes por lo menos, ¡y que no ha levantado la menor sospecha!

–Eso suele suceder –suspiró William–. ¿Cuál es su especialidad: esposas?

–No. No se trata de eso. Todavía no se cree un dios, pero no tardará.

–¿Está loco?

–¡Oh, sin duda alguna!

–¡Ah! Pero es probable que no esté loco legalmente. Ya sabes que eso es muy distinto.

–Yo diría que conoce la naturaleza y consecuencias de sus actos –dijo Luke.

–Exacto –convino Billy Bones.

–Bueno, no vamos a discutir a causa de tecnicismos legales. Todavía no estamos ante el jurado y puede que no lleguemos a juicio. Lo que yo espero de ti son unos cuan-

tos datos. El día del Derby tuvo lugar un accidente callejero, a eso de las cinco o seis de la tarde. Una señora de edad
fue arrollada en Whitehall por un automóvil que se dio a la
fuga. Su nombre era Lavinia Pinkerton y quiero que averi-
gües todo lo que se sepa sobre ese atropello.

Sir William suspiró.

−En seguida podré complacerte. Bastarán unos veinte
minutos.

Fue fiel a su palabra. En menos tiempo del anunciado,
Luke hablaba con el oficial de policía encargado del caso.

−Sí, señor, recuerdo todos los detalles. La mayoría los
tengo anotados aquí. −Señaló la hoja que Luke tenía en sus
manos−. Se hicieron pesquisas judiciales dirigidas por Mr.
Satcherverell. La culpa fue del conductor del automóvil.

−¿Consiguieron detenerlo?

−No, señor.

−¿Cuál era la marca del coche?

−Pues parece que era un Rolls... Un coche grande con-
ducido por un chófer. Todos los testigos coincidieron. La
mayoría de la gente sabe distinguir un Rolls a simple vista.

−¿Tiene el número de la matrícula?

−Desgraciadamente, no. A nadie se le ocurrió mirarlo.
Anotamos el número FZX 4498, pero estaba equivocado.
Una mujer se lo dijo a otra, que a su vez me lo dio a mí.
No sé de dónde lo habría sacado, pero de todas formas no
sirvió de nada.

−¿Cómo sabe que no era éste? −preguntó seguidamen-
te Luke.

El oficial se sonrió.

−FZX 4498 es la matrícula del automóvil de lord
Whitfield. Ese coche estaba parado ante la Casa Boo-
mington en el momento del accidente y el chófer estaba

tomando el té. Una coartada perfecta, y el coche no abandonó aquel lugar hasta las seis y media en que salió Su
Señoría.

—Ya —respondió Luke.

—Siempre pasa lo mismo —se lamentó el oficial—. Cuando llega el agente, han desaparecido la mitad de los testigos. Supusimos que sería un número parecido al FZX 4498
que probablemente comenzaría con dos cuatros. Hicimos
lo que pudimos, pero ni rastro del automóvil. Investiga-
mos todas las matrículas parecidas, pero todos los conduc-
tores pudieron dar explicaciones satisfactorias.

Mr. William miró a Luke para ver si quería hacer más
preguntas. Éste negó con la cabeza y sir William dijo:

—Gracias, Bonner, es suficiente.

Una vez se hubo marchado, Billy Bones preguntó a su
amigo:

—¿Qué piensas de todo esto, Fitz?

—Todo cuadra —Luke suspiró—. Lavinia Pinkerton venía
a contar al personal inteligente de Scotland Yard lo que
sabía sobre el malvado asesino. No sé si la habríais escuchado. Probablemente, no...

—Sí —respondió William—. Muchas veces las noticias
nos llegan por ese conducto. Muchas son sólo habladurías. Pero no dejamos de investigar, te lo aseguro.

—Eso es lo que pensó el asesino. Y no quiso arriesgar-
se. Eliminó a Lavinia Pinkerton y, aunque una mujer fue
lo bastante lista como para ver su matrícula, nadie quiso
creerla.

—No querrás decir... —dijo Billy Bones irguiéndose en su
sillón.

—Sí. Te apuesto lo que quieras a que lord Whitfield la
atropelló. No sé cómo se las arreglaría. El chófer estaba

merendando. Supongo que, de un modo u otro, subió al coche, se puso la chaqueta y la gorra del uniforme, y se largó. ¡Pero lo hizo, Billy!

–¡Imposible!

–No tanto. Lord Whitfield ha cometido siete asesinatos, por lo menos que yo sepa, y probablemente haya cometido muchos más.

–¡Imposible! –volvió a decir William.

–Mi querido amigo, ¡si casi se vanaglorió de ello la otra noche!

–Entonces, ¿está loco?

–Desde luego, pero es un diablo astuto. Tendrás que ir con cuidado. No le descubras que sospechamos de él.

–Increíble –murmuró Billy Bones.

–¡Pero verdad! –dijo Luke, poniendo su mano sobre el hombro de su amigo–. Mira, Billy, tenemos que resolver esto. Aquí están los hechos.

Los dos hombres conferenciaron largo y tendido.

Al día siguiente, Luke regresó a Wychwood a primera hora de la mañana. Podría haber llegado el día anterior por la noche, pero sentía una marcada repugnancia a dormir bajo el techo de lord Whitfield y aceptar su hospitalidad en aquellas circunstancias.

Al entrar en Wychwood, su primera visita fue a miss Waynflete. La doncella le miró con asombro, pero le introdujo en el reducido comedor, donde la dueña de la casa estaba desayunando.

Ella se levantó para saludarlo, un tanto sorprendida.

–Debo pedirle perdón por molestarla a estas horas –dijo Luke sin perder tiempo.

Miró a su alrededor. La muchacha había salido y cerrado la puerta.

–Voy a hacerle una pregunta, miss Waynflete. Es bastante personal, pero espero que me perdonará.

–Pregúnteme lo que desee. Estoy segura de que sus motivos son bien intencionados.

–Gracias –hizo una pausa–. Quisiera saber, exactamente, por qué rompió su compromiso con lord Whitfield.

Ella no esperaba esta pregunta. El color acudió a sus mejillas, mientras se llevaba una mano al pecho.

–¿Le ha dicho algo él?

–Me habló de un pájaro, un canario que fue estrangulado –replicó Luke.

–¿Eso le dijo? –estaba sorprendida–. ¿Lo ha confesado? ¡Es extraordinario!

–¿Quiere hacer el favor de explicarse?

–Sí, pero le suplico que no hable de esto con Gordon. Pertenece al pasado y no quiero removerlo.

–Es sólo para mi satisfacción personal –contestó Luke–. No le repetiré a nadie lo que me diga.

–Gracias. –La mujer había recobrado su compostura y su voz fue firme al proseguir–: Fue así. Yo tenía un canario. Lo quería mucho y, como a todas las niñas de entonces, me volvían loca los animalitos. Comprendo que eso debía ser muy desagradable para un hombre.

–Sí –dijo Luke.

–Gordon estaba celoso del pájaro. Un día me dijo muy enfadado: «Me parece que lo quieres más que a mí». Y yo, con la tontería propia de las muchachas de entonces, me eché a reír y, poniéndolo sobre mi dedo, le dije algo así: «¡Claro que sí!». Entonces, ¡oh, fue horrible! Gordon me quitó el canario y le retorció el pescuezo. Fue tan desagradable... ¡No lo olvidaré nunca!

Su rostro se había puesto muy pálido.

–¿Y fue por eso por lo que rompió su compromiso? –quiso saber Luke.

–Sí. Ya no sentía lo mismo que antes, ¿sabe, Mr. Fitzwilliam? –vaciló–. No era sólo por esa acción, pudo haberlo hecho en un arrebato de celos y rabia, sino porque tuve la terrible sensación de que había disfrutado haciéndolo, eso fue lo que me atemorizó.

–Incluso ahora cuando ya hace tanto tiempo –murmuró Luke.

Ella puso la mano en su brazo.

–Mr. Fitzwilliam...

Luke afrontó su atemorizada mirada con otra de severa firmeza.

–¡Es lord Whitfield el autor de todos esos crímenes! –le dijo–. Usted lo sabía desde siempre, ¿verdad?

Ella meneó la cabeza con energía.

–¡No lo sabía! De haberlo sabido lo habría dicho. No, sólo tenía ese temor.

–Y sin embargo, no me hizo la menor insinuación.

–¿Cómo hubiera podido hacerla? –dijo retorciéndose las manos con desesperación–. Una vez le quise...

–Sí –dijo Luke–. Comprendo.

Ella le volvió la espalda, buscó en su bolso, sacó un pañuelito de encaje y se secó las lágrimas. Entonces se volvió una vez más, con los ojos secos, muy digna y compuesta.

–Me alegro tanto –dijo– de que Bridget haya roto su compromiso. Va a casarse con usted, ¿verdad?

–Sí.

–Será mucho mejor –dijo miss Waynflete un tanto remilgadamente.

Luke no pudo reprimir una sonrisa. Mas el rostro de

miss Waynflete permanecía grave y preocupado. Se inclinó hacia delante y volvió a apoyar una mano en su brazo.

—Debe andar con cuidado —dijo—. Los dos deben tener mucho cuidado.

—¿Se refiere a lord Whitfield?

—Sí. Será mejor que no le digan nada.

Luke frunció el ceño.

—No creo que seamos de su opinión.

—¡Oh! ¿Y eso qué importa? Parece como si no se diese cuenta de que está loco... loco. No lo soportará ni por un momento. ¿Y si le sucediera algo a Bridget?

—¡No va a pasarle nada!

—Sí, lo sé. Pero piense que usted no es rival para él. ¡Es tan terriblemente astuto! Llévesela en seguida, es la única esperanza. ¡Envíela al extranjero! ¡O mejor aún, váyanse los dos!

—Sería mejor que ella se marchase —respondió Luke pensativo—. Yo me quedaré.

—Me temía que dijera eso. Pero, de todos modos, que se marche ella. ¡Inmediatamente, inmediatamente!

—Creo —le dijo Luke— que tiene usted razón.

—¡Ya lo sé! Que se marche antes de que sea demasiado tarde.

19

SE DESHACE UN COMPROMISO

Bridget, al oír aproximarse el coche de Luke, salió a recibirlo.

–Se lo he dicho –manifestó sin más preámbulos.

–¿Qué? –Luke estaba tan contrariado que ella lo notó.

–Luke, ¿qué te pasa? Pareces muy disgustado.

–Creí que habíamos quedado en esperar a mi regreso.

–Lo sé, pero creí que era mejor acabar cuanto antes. ¡No hacía más que planes para nuestra boda, nuestra luna de miel! ¡No tuve más remedio que decírselo! –Y añadió en tono de reproche–: Era lo más decente.

–Sí, desde tu punto de vista. ¡Oh, lo comprendo!

–¡Me parece que desde cualquier punto de vista!

–Algunas veces uno no puede permitirse ser decente.

–Luke, ¿qué quieres decir?

–No puedo explicártelo ahora y en este sitio –respondió haciendo un gesto de impaciencia–. ¿Cómo se lo ha tomado Whitfield?

–Extraordinariamente bien –respondió Bridget muy despacio–. Me sentí avergonzada. Me parece que le juzgué mal sólo porque es un fatuo y, en ocasiones, fútil. Ahora creo que es..., bueno..., sí, un pequeño gran hombre.

–Sí, es posible que lo sea en algunos aspectos –asintió

Luke–. Escúchame, Bridget, debes marcharte de aquí lo antes posible.

–Naturalmente. Recogeré mis cosas y me iré hoy mismo. Puedes llevarme hasta el pueblo. Supongo que no podemos hospedarnos los dos en Cascabeles y Arlequín, aunque se hayan marchado los amigos de Ellsworthy.

–No, es mejor que te vayas a Londres. Ya te lo explicaré. Entretanto yo veré a Whitfield.

–Supongo que es lo que debe hacerse. ¿No te parece una canallada? Me siento como una vulgar cazadora de dotes.

Luke le sonrió.

–Era un trato justo. Has obrado rectamente. De todas formas, no sirve de nada lamentarse sobre lo que ya no tiene remedio. Voy a verle ahora mismo.

Encontró a lord Whitfield paseando de un lado a otro del salón. Aparentemente no estaba nervioso, e incluso vio una sonrisa en sus labios, pero Luke notó que la vena de la sien le latía furiosamente.

Se volvió cuando entró Luke.

–¡Oh! Es usted, Fitzwilliam.

–No voy a decir que siento lo que ha ocurrido, ¡sería un hipócrita! Admito que desde su punto de vista no me he portado bien y tengo poco que alegar en mi defensa. Son cosas que suceden –dijo Luke.

–¡Claro, claro!

Lord Whitfield reanudó su paseo.

–Nuestro comportamiento ha sido vergonzoso. ¡Pero ya está hecho! Nos queremos y no podemos hacer otra cosa que decírselo y marcharnos.

Lord Whitfield se detuvo, mirándole con sus ojos saltones.

—No —le dijo—. ¡No hay nada que pueda hacer al respecto!

Su voz tenía un matiz muy curioso y se quedó mirando a Luke mientras meneaba suavemente la cabeza como si le diera pena.

—¿Qué quiere usted decir? —preguntó el joven.

—Que usted no puede hacer nada —respondió lord Whitfield—. ¡Es demasiado tarde!

—Explíqueme lo que insinúa —dijo Luke aproximándose.

Lord Whitfield le dio una respuesta inesperada.

—Pregúntele a Honoria Waynflete. Ella le pondrá al corriente. Sabe lo que pasa y me habló de ello en una ocasión.

—¿Qué es lo que he de comprender?

—El mal nunca queda sin castigo! ¡Hay que hacer justicia! Lo siento porque aprecio a Bridget y, en cierto modo, ¡lo siento por los dos!

—¿Acaso nos amenaza?

—No, no, querido amigo —lord Whitfield parecía ingenuamente sorprendido—. ¡Yo no tengo nada que ver! Cuando le hice a Bridget el honor de escogerla por esposa, ella aceptó ciertas responsabilidades. Ahora las rechaza, pero no hay marcha atrás en esta vida. Quien quebranta la ley es castigado.

—¿Insinúa que puede pasarle algo? —dijo Luke con los puños apretados—. Ahora escúcheme bien, Whitfield: no va a sucedernos nada a Bridget ni a mí. Si intenta algo, será su final. ¡Será mejor que se ande con cuidado! ¡Sé muchas cosas de usted!

—Yo no tengo nada que ver —respondió lord Whitfield—. Sólo soy un mero instrumento de un poder superior. ¡Y lo que ese poder decreta, sucede!

–Veo que es eso lo que cree –dijo Luke.

–¡Porque es la verdad! Todo el que va contra mí, sufre las consecuencias. Y usted y Bridget no van a ser excepciones.

–Ahí es donde se equivoca. Por larga que sea una racha de suerte, al final termina. Y la suya se acaba ahora.

–Mi querido amigo, no sabe de lo que habla. ¡Nadie puede tocarme!

–¿No? Ya veremos. Será mejor que mida sus pasos, Whitfield.

Un estremecimiento alteró la voz del lord:

–He tenido mucha paciencia, pero no abuse de ella. Salga de aquí.

–Ya me voy. Lo más deprisa que pueda. Recuerde que le he advertido.

Dio media vuelta y salió apresuradamente de la habitación. Subió la escalera y encontró a Bridget en la suya, haciendo apresuradamente la maleta con la ayuda de la doncella.

–¿Te falta mucho?

–Diez minutos.

Sus ojos le hicieron una pregunta que la presencia de la criada le impedía formular con palabras.

Luke asintió. Se marchó a su habitación y metió a toda prisa sus cosas en la maleta.

Volvió al cabo de unos diez minutos y encontró a Bridget ya preparada.

–¿Nos vamos?

–Estoy lista.

Al bajar la escalera, se cruzaron con el mayordomo, que subía.

–Miss Waynflete desea verla, miss Bridget.

–¿Miss Waynflete? ¿Dónde está?

–En la sala, con Su Señoría.

Bridget se encaminó hacia allí directamente y Luke la siguió.

Lord Whitfield se hallaba de pie, junto a la ventana, hablando con miss Waynflete. En su mano tenía un cuchillo de hoja larga y afilada.

–Es un trabajo de artesanía perfecto –decía–. Uno de mis periodistas me lo trajo de Marruecos cuando estaba allí de corresponsal. Es moro, naturalmente, un cuchillo del Rif. –Pasó su dedo por la hoja complacido–. ¡Qué filo!

–¡Guárdalo, Gordon, por el amor de Dios! –dijo miss Waynflete con voz incisiva.

Él sonrió antes de depositarlo sobre la mesa, entre otras piezas de su colección.

–Me gusta el tacto que tiene –comentó.

Miss Waynflete había perdido parte de su aplomo acostumbrado. Estaba pálida y nerviosa.

–¡Ah, estás aquí, querida Bridget! –exclamó.

–Sí, aquí está Bridget –dijo lord Whitfield echándose a reír–. Mírala bien, Honoria, porque no estará con nosotros mucho tiempo.

–¿Qué quieres decir?

–¿Qué? Quiero decir que se marcha a Londres. ¿No es cierto?

Los miró a todos.

–Tengo unas cuantas noticias que darte, Honoria –prosiguió–. Bridget no va a casarse conmigo. ¡Prefiere a Mr. Fitzwilliam, aquí presente! La vida tiene cosas muy extrañas. Bueno, os dejaré para que charléis.

Salió de la habitación con las manos en los bolsillos y haciendo sonar las monedas que en ellos llevaba.

–¡Dios mío! –dijo miss Waynflete–. ¡Dios mío!

La contrariedad que denotaba su voz era tan ostensible que Bridget la miró sorprendida y le dijo incómoda:

–Lo siento. La verdad es que lo siento muchísimo.

–Está furioso, terriblemente furioso. Dios mío, es terrible. ¿Qué vamos a hacer? –replicó miss Waynflete.

–¿Hacer? ¿Qué quiere decir? –preguntó la muchacha.

–¡No deberían habérselo dicho! –dijo, incluyéndolos a ambos en su mirada de reproche.

–¡Qué tontería! ¿Y qué otra cosa podíamos hacer? –quiso saber Bridget.

–No deberían habérselo dicho ahora, sino haber esperado a estar lejos.

–Ésa es una opinión –dijo Bridget–. Yo creo que las cosas desagradables, cuanto antes se hagan, muchísimo mejor.

–¡Oh, querida, si sólo se tratase de eso!

Se detuvo y sus ojos interrogaron a Luke con ansiedad.

Luke meneó la cabeza y sus labios formaron las palabras: «Todavía no».

–Ya –murmuró miss Waynflete.

–¿Quería usted verme para algo en particular, miss Waynflete? –preguntó Bridget impaciente.

–Pues sí. A decir verdad, vine para decirte que podías pasar unos días en mi casa. Pensé que no te resultaría agradable permanecer aquí y que podrías necesitar un tiempo para..., bueno, para madurar tus planes.

–Gracias, miss Waynflete, es usted francamente muy amable.

–Así estarás completamente segura y...

Bridget la interrumpió:

–¿Segura?

Miss Waynflete, un poco sonrojada, se apresuró a añadir:

—Cómoda, eso es lo que quise decir, que a mi lado te encontrarás a gusto. No tan espléndidamente como aquí, claro. Pero el agua caliente está caliente y mi doncella, Emily, guisa muy bien.

—Oh, estoy segura de que todo será perfecto, miss Waynflete —respondió Bridget mecánicamente.

—Claro que si quieres marcharte a la ciudad, será mucho mejor.

—Es un poco precipitado —afirmó Bridget despacio—. Mi tía salió muy temprano para asistir a una exposición de flores y todavía no he tenido oportunidad de decirle lo que ocurre. Le dejaré una nota diciéndole que me he marchado al piso.

—¿Vas a ir a Londres, al piso de tu tía?

—Sí. No hay nadie allí, pero puedo ir a comer fuera.

—¿Y estarás sola? Oh, querida, yo no lo haría. No te quedes allí sola.

—No van a comerme —dijo la muchacha impaciente—. Además, mi tía irá mañana.

Miss Waynflete, angustiada, meneó la cabeza.

—Es mejor que vayas a un hotel —le dijo Luke.

—¿Por qué? —Bridget se volvió en redondo—. ¿Qué pasa? ¿Por qué me tratan como si fuera una chiquilla?

—No, no, querida —protestó miss Waynflete—. Sólo queremos tomar precauciones, eso es todo.

—Pero ¿por qué? ¿Qué es lo que pasa?

—Escúchame, Bridget —dijo Luke—. Quiero hablar contigo, pero aquí no puedo hacerlo. Ven conmigo e iremos a algún lugar tranquilo en mi coche.

Se dirigió a miss Waynflete:

–¿Podemos ir a su casa dentro de una hora? Deseo hablarle de varias cosas.

–Sí, desde luego. Los esperaré allí.

Luke tomó del brazo a su novia y dio las gracias a miss Waynflete con un ademán.

–Volveremos más tarde por el equipaje. Vámonos.

La condujo por el vestíbulo hasta la puerta principal. Abrió la portezuela del coche. Bridget subió. Luke puso el motor en marcha y dio un suspiro de alivio al cruzar las verjas de hierro.

–¡Gracias a Dios que te he sacado de allí a salvo! –le dijo.

–¿Te has vuelto loco, Luke? ¿A qué viene todo ese secreto y eso de «no puedo explicártelo ahora»?

–¿Sabes?, es difícil decir que un hombre es un asesino cuando estás bajo su techo.

20

ESTAMOS EN ESTO JUNTOS

Bridget permaneció inmóvil a su lado durante unos instantes.

—¿Gordon?

Luke asintió.

—¿Gordon? ¿Gordon un asesino? ¿Gordon el asesino? ¡En mi vida oí una cosa más absurda!

—¿Tanto te sorprende?

—Sí, desde luego. Vaya, Gordon es incapaz de matar a una mosca.

—Puede ser. Yo no lo sé. Pero lo cierto es que mató un canario, y estoy casi seguro también de que ha asesinado a un gran número de seres humanos.

—Mi querido Luke. ¡No puedo creerlo!

—Ya sé —dijo Luke— que parece increíble. No lo había imaginado como posible sospechoso hasta anteayer por la noche.

—¡Pero yo lo conozco bien! —protestó la muchacha—. Sé cómo es. Es un hombre encantador. Un fatuo, pero en realidad un tanto patético.

—Tendrás que cambiar tu opinión con respecto a él, Bridget.

—¿Por qué, Luke, si no puedo creerlo? ¿Por qué se te ha

metido en la cabeza una idea tan absurda, y por qué hace sólo un par de días estabas segurísimo de que era Ellsworthy?

–Lo sé, lo sé. Probablemente pensarás que mañana sospecharé de Thomas y pasado mañana de Horton. No estoy tan loco. Admito que la idea es sorprendente al principio. Pero, si lo miras bien, te darás cuenta de que todo encaja a la perfección. No es extraño que miss Pinkerton no quisiera hablar con las autoridades locales. ¡Comprendió que se reirían de ella! Scotland Yard fue su única esperanza.

–Pero ¿qué motivos puede tener Gordon para cometer tantos asesinatos? ¡Oh, qué tontería!

–Lo sé, ¿pero no comprendes que Gordon tiene una elevada opinión de sí mismo?

–Pretende ser extraordinario y muy importante, pero es sólo un complejo de inferioridad –dijo Bridget–. ¡Pobrecillo!

–Posiblemente, ahí está la raíz de la cuestión. No lo sé. Pero piensa, Bridget, piensa sólo un minuto. Recuerda todas las frases que has empleado al referirte a él: *lèse majesté* y cosas así. ¿No te das cuenta de que su egoísmo es desproporcionado? Y lo vincula con la religión. Querida, ¡ese hombre está más loco que un cencerro!

Bridget meditó unos instantes.

–Todavía no puedo ni creerlo. ¿Qué pruebas tienes, Luke?

–Pues sus propias palabras. La otra noche me dijo, sencilla y llanamente, que todo el que iba contra él moría.

–Continúa.

–No sé explicarme, pero fue su modo de decirlo. Tranquilo y complacido... ¿Cómo te diría yo...?, ¡como acostumbrado a la idea! Sonreía de un modo extraño y horrible, Bridget.

—Sigue.

—Luego, me hizo una lista de la gente fallecida por incurrir en su real desagrado. Y, escucha esto, Bridget, las personas mencionadas fueron: Mrs. Horton, Amy Gibbs, Tommy Pierce, Harry Carter, Humbleby y el chófer Rivers.

Por fin, Bridget parecía impresionada y se puso pálida.

—¿Te nombró a esas personas?

—¡Precisamente a éstas! ¿Lo crees ahora?

—¡Oh, Dios mío, qué remedio! ¿Cuáles fueron sus razones?

—Trivialidades, eso es lo más impresionante. Mrs. Horton le había desairado; Tommy Pierce le había imitado ante el regocijo de los jardineros; Harry Carter le había insultado; Amy Gibbs había sido impertinente; Humbleby había osado oponerse a su opinión públicamente y Rivers le amenazó en mi presencia y ante miss Waynflete.

Bridget se tapó los ojos con las manos.

—Es horrible..., es horrible... —murmuró.

—Lo sé. Y luego hay otras pruebas. El coche que arrolló a miss Pinkerton, en Londres, era un Rolls y la matrícula era la del automóvil de lord Whitfield.

—Eso es el remache final —dijo Bridget muy despacio.

—Sí. La policía pensó que la mujer que les dio el número se había equivocado. ¡Menudo error!

—Ya entiendo —dijo ella—. Cuando un hombre es rico y poderoso como lord Whitfield, es natural que nadie crea una historia así.

—Sí. Se comprende las dificultades de miss Pinkerton.

—En un par de ocasiones ella me dijo cosas bastante raras. Como si quisiera prevenirme contra algo. No entendí a qué se refería. Ahora comprendo lo que quería decirme.

–Todo encaja –dijo Luke–. Al principio uno se dice, como tú, «imposible», y una vez acepta la idea, todo se comprende con claridad. Las uvas que envió a Mrs. Horton y que ella pensara que las enfermeras querían envenenarla. Y su visita al Instituto Wellerman Kreitz. De una u otra forma se apoderaría de algunos gérmenes con los que infectar a Humbleby.

–No veo cómo pudo hacerlo.

–Ni yo tampoco, pero la conexión está ahí. Es innegable.

–Sí, como tú dices, encaja. Y claro, él podía hacer muchas cosas que, para otras personas, son imposibles. Quiero decir que él quedaba siempre libre de sospechas.

–Creo que miss Waynflete sospechaba de él. Mencionó esa visita al Instituto como de paso, pero me parece que esperaba que yo la tomase en consideración.

–Entonces, ¿lo sabía?

–Tenía sus sospechas, pero creo que le impedía hablar el hecho de haber estado enamorada de él.

–Sí, eso explica muchas cosas. Gordon me contó que habían sido novios.

–Ella no quería creer que fuese él. Pero cada vez estaba más segura de que sí lo era. Trató de darme algunas pistas, pero no se atrevió a ir directamente contra él. ¡Las mujeres sois muy extrañas! En cierto modo, creo que aún le quiere.

–¿Después de que la dejará él?

–Fue ella quien le dejó. Es una historia desagradable. Te la contaré.

Y le repitió el episodio. Bridget le miró sorprendida.

–¿Gordon hizo eso?

–Sí. Ya ves, incluso en aquellos tiempos no era normal.

Bridget se estremeció y murmuró:

–Y todos estos años..., estos años...

–¡Puede que haya hecho desaparecer a mucha más gente de la que suponemos! ¡Ha sido esta rápida sucesión de las últimas muertes lo que ha llamado la atención! ¡Como si el éxito le hubiera vuelto descuidado!

Bridget asintió silenciosa y luego preguntó:

–¿Qué es lo que te dijo exactamente miss Pinkerton aquel día en el tren? ¿Cómo comenzó?

Luke trató de recordar.

–Me dijo que se dirigía a Scotland Yard. Nombró al agente del pueblo. Dijo que era una persona muy agradable, pero que no estaba capacitado para ocuparse de un asesinato.

–¿Fue esa la primera vez que pronunció la palabra?

–Sí.

–Continúa.

–Luego, dijo: «Veo que está sorprendido. Yo también lo estaba al principio. No podía creerlo. Pensé que eran imaginaciones mías».

–¿Y después?

–Le pregunté si estaba segura de que no eran imaginaciones y respondió tranquilamente: «¡Oh, no! Podrían haberlo sido la primera vez, pero no la segunda ni la tercera ni la cuarta. Entonces una se convence».

–Maravilloso –comentó Bridget–. Sigue.

–Así que, claro, yo le seguí la corriente y le dije que hacía muy bien. ¡Fui más incrédulo que santo Tomás!

–Sí. ¡Es muy fácil dárselas de suficiente! Yo hice lo mismo con la pobre señora. ¿Cómo siguió la conversación?

–Déjame que recuerde. ¡Oh! Me habló del caso Abercrombie, ¿sabes?, el envenenador galés. Dijo que ella no creía que envolviera en una mirada especial a sus víctimas, pero que ahora sí lo creía, porque la había visto con sus propios ojos.

–¿Qué palabras utilizó exactamente?

–Dijo con su agradable y femenina voz: *«Claro que al leerlo no quise darle crédito, pero es cierto».* Y yo le dije: *«¿Qué es cierto?».* Y respondió: *«La mirada de una persona».* ¡Y la verdad es que su tono me convenció! Era tan sosegado y la expresión de su cara era la de quien ha visto algo demasiado horrible como para explicarlo.

–Sigue, Luke. Cuéntamelo todo.

–Y luego nombró a las víctimas: Amy Gibbs, Carter, Tommy Pierce, y dijo que Tommy era un niño terrible y Carter un borracho. Entonces agregó: *«Pero ayer fue el doctor Humbleby, y es tan buena persona...».* Y dijo que si se lo hubiera dicho, él no la habría creído, que se habría reído.

–Ya –dijo Bridget con un suspiro–. Ya.

–¿Qué te pasa, Bridget? ¿En qué piensas?

–En algo que dijo una vez Mrs. Humbleby. Y me pregunto... No, no importa, continúa. ¿Qué es lo que te dijo al final?

Luke le repitió las palabras con sobriedad porque le habían causado una gran impresión y le era imposible olvidarlas.

–Le dije que era muy difícil cometer tantos crímenes sin levantar sospechas y me contestó: *«No, no, muchacho, se equivoca. Matar es fácil, mientras nadie sospeche de usted, ¿sabe? Y el culpable es siempre la última persona de quien se sospecharía».*

Se hizo un silencio y Bridget exclamó estremecida:

—¡Matar es fácil! Terriblemente fácil. Eso es muy cierto. No me extraña que estas palabras se grabaran en tu mente, Luke. ¡No las olvidaré en toda mi vida! ¡Para un hombre como lord Whitfield¡ ¡Oh, claro que es fácil!

—Pero no es tan fácil detenerlo —dijo Luke.

—¿Tú lo crees así? Tengo una idea.

—Bridget, te prohíbo...

—No puedes. No voy a quedarme sentada en la retaguardia. Yo estoy metida en esto, Luke. Puede que sea peligroso, sí, lo admito, pero tengo que interpretar mi papel.

—Bridget...

—¡Estoy metida en esto, Luke! Aceptaré la invitación de miss Waynflete y me quedaré aquí.

—Querida, te lo suplico...

—Es peligroso para los dos, lo sé, pero estamos metidos en esto, Luke. Estamos en esto juntos.

21

¿POR QUÉ VAS POR EL CAMPO
CON LOS GUANTES PUESTOS?

La tranquilidad que se respiraba en el interior de la casa de miss Waynflete alivió la tensión de los momentos pasados en el coche.

Miss Waynflete recibió a Bridget con ciertas vacilaciones, aunque se apresuró a reiterarle su hospitalidad, para demostrar que sus dudas eran debido a otras causas y no a que no quisiera tenerla en su casa.

—Puesto que es usted tan amable, creo que será lo mejor, miss Waynflete —dijo Luke—. Me hospedo en la posada, y prefiero tener a Bridget cerca y no en la ciudad. Después de todo, recuerde lo que pasó allí.

—¿Se refiere a Lavinia Pinkerton? —preguntó miss Waynflete.

—Sí. Cualquiera pensaría que no se corre ningún riesgo en el centro de una gran ciudad, atestada de gente.

—Quiere decir que la seguridad de cada uno depende principalmente de que nadie desee su muerte.

—Exacto. Dependemos de lo que se ha dado en llamar la buena voluntad de la civilización.

Miss Waynflete asintió pensativa.

—¿Cuánto tiempo hace que sabe que Gordon es el asesino, miss Waynflete? —preguntó Bridget.

–Ésa es una pregunta difícil de contestar, querida –respondió tras un suspiro–. Creo que interiormente estaba segura desde hace tiempo, ¡pero he hecho todo lo posible por no admitirlo! No quise darle crédito, diciéndome que era una idea mía perversa y malvada.

–¿Y no ha temido nunca por usted? –dijo de pronto Luke.

–¿Insinúa que si Gordon hubiese sospechado que lo sabía habría encontrado el medio de librarse de mí?

–Sí.

–Claro que he considerado esa posibilidad y procuré tener cuidado, pero no creo que Gordon me crea una verdadera amenaza.

–¿Por qué?

–Gordon no me cree capaz de hacer nada que pueda perjudicarle –respondió ella enrojeciendo.

–¿Llegó usted a advertirle?

–Sí. Es decir, le dije que era muy extraño que todo el que se disgustara con él muriese al poco tiempo accidentalmente.

–¿Y qué dijo él? –preguntó Bridget.

–No reaccionó como yo esperaba –dijo miss Waynflete con expresión preocupada–. Parecía... ¡eso es lo más extraordinario!, parecía complacido, y me contestó: «¿Así que lo has observado?», válgame la expresión, como pavoneándose.

–Está loco, desde luego –dijo Luke.

–Sí, no cabe otra explicación –convino miss Waynflete ansiosa–. No es responsable de sus actos. –Puso su mano sobre el brazo de Luke–. No le colgarán, ¿verdad, Mr. Fitzwilliam?

–No, no. Supongo que le enviarán a un sanatorio.

Miss Waynflete suspiró y se apoyó en el respaldo de su butaca.

–Cuánto me alegro.

–Pero aún falta mucho para llegar a eso –dijo Luke–. He informado a la policía y están dispuestos a tomar en serio el asunto. Pero hemos de reconocer que tenemos poquísimas pruebas en que basarnos.

–Pues las tendremos –afirmó Bridget.

Miss Waynflete la miró con una expresión que Luke recordó haber visto no hacía mucho en alguna parte. Trató de recordar, pero fue en vano.

–Eres muy optimista, querida mía –dijo miss Waynflete con un tono de duda–. Bueno, puede ser que tengas razón.

–Volveré a Ashe Manor en el coche para recoger tus cosas –dijo Luke a su novia.

–Iré contigo.

–Será mejor que no vuelvas.

–Prefiero ir.

–¡No me trates como si fuera un niño, Bridget! –protestó Luke irritado–. No quiero que me protejas.

–Creo, Bridget, que no le pasará nada por ir en coche y en pleno día –murmuró miss Waynflete.

–Soy una tonta. Este asunto me saca de quicio.

–La otra noche, miss Waynflete me acompañó hasta la casa para protegerme –dijo Luke–. ¡Vamos, confiéselo! ¿No es cierto?

Ella asintió con una sonrisa.

–¡Es que estaba tan ajeno a cualquier sospecha, Mr. Fitzwilliam! Y si Gordon Whitfield había caído en la cuenta de que estaba aquí para investigar las últimas muertes y no por otras causas, pues su posición no sería muy segura.

Y aquél era un camino muy solitario, donde podía pasar cualquier cosa.

–Bueno, ahora ya estoy alerta –refunfuñó Luke–. No me cogerán desprevenido, se lo aseguro.

–Recuerde que es muy astuto y mucho más listo de lo que nunca podría imaginar –respondió miss Waynflete con voz angustiada–. Tiene una inteligencia privilegiada.

–Estoy sobre aviso.

–Los hombres tendrán más valor –dijo la solterona–, pero se dejan engañar con mayor facilidad que las mujeres.

–Es verdad –afirmó Bridget.

–En serio, miss Waynflete, ¿cree usted que corro peligro realmente? ¿Cree, hablando en argot peliculero, que lord Whitfield está dispuesto a cargárseme?

–Me parece –replicó ella con cierta vacilación– que quien corre el principal peligro es Bridget. ¡Es su desprecio lo que le ha herido! Y creo que una vez se haya librado de Bridget, volverá su atención hacia usted. Pero, sin lugar a dudas, antes probará con ella.

–No sé por qué no te has marchado al extranjero ahora mismo, Bridget –gruñó Luke.

–No me iré –respondió la muchacha, que apretó los labios con decisión.

–Eres muy valiente, Bridget. Te admiro –dijo miss Waynflete.

–Usted haría lo mismo en mi lugar.

–Es posible.

Y Bridget dijo en otro tono de voz mucho más cálido:

–Luke y yo estamos en esto juntos.

Le acompañó hasta la puerta, donde él le dijo:

–Te telefonearé desde la posada cuando salga de la guarida del león.

–Sí, hazlo.

–Querida, no te preocupes. Hasta los asesinos más sagaces necesitan tiempo para madurar sus planes. Creo que estamos a salvo, por lo menos durante un par de días. Hoy llegará de Londres el inspector Battle y, desde ese momento, Whitfield estará constantemente bajo su vigilancia.

–En resumen, todo va perfectamente, y podemos olvidarnos del melodrama.

–Bridget, cariño, prométeme que no cometerás ninguna imprudencia.

–Lo mismo te digo, querido Luke.

Él la tocó en el hombro, subió al automóvil y se marchó.

Bridget regresó a la sala, donde miss Waynflete rezongaba amablemente.

–Querida, tu habitación todavía no está del todo arreglada. Emily ha ido a prepararla. ¿Sabes lo que voy a hacer ahora? ¡Te prepararé una buena taza de té! Es lo que necesitas después de todos estos incidentes.

–Es usted muy amable, miss Waynflete, pero no quiero nada.

Lo que Bridget necesitaba era un cóctel bien fuerte, con mucha ginebra, pero juzgó correctamente que allí no lo conseguiría. No le gustaba el té en absoluto, generalmente se le indigestaba. Sin embargo, miss Waynflete había decidido que el té era lo mejor para su invitada. Salió de la habitación y regresó unos cinco minutos más tarde con una bandeja con dos tazas humeantes.

–Auténtico Lapsang Souchong –anunció miss Waynflete con orgullo.

Bridget, que aborrecía aún más si cabe el té chino que el indio, sonrió con desmayo.

En aquel momento, Emily, una muchacha torpe y de voz gangosa, apareció en el umbral.

—Si me hace el favor de darme las fundas para las almohadas, señora.

Miss Waynflete se apresuró a abandonar la habitación y Bridget aprovechó este respiro para arrojar el té por la ventana. Y por poco escalda a *Wonky Pooh*, que descansaba en un arriate.

El gato aceptó sus excusas, se encaramó a la ventana, y de allí pasó a los hombros de Bridget con un ronroneo afectuoso.

—¡Precioso! —le dijo la muchacha, que pasó su mano por el lomo del felino.

Wonky Pooh arqueó el rabo y ella reanudó sus caricias con más vigor.

—Gatito bonito —decía Bridget, acariciándole las oreja.

Miss Waynflete regresó en aquel momento.

—Pobre de mí —exclamó—. *Wonky Pooh* se ha entusiasmado contigo. ¡Por lo general es tan señorito! Ten cuidado con la oreja izquierda, la ha tenido enferma y todavía le duele mucho.

Pero la advertencia llegó tarde. Bridget había tocado la oreja enferma y *Wonky Pooh* le arañó la mano y se retiró ofendido.

—¡Oh, cielos! ¿Te ha arañado? —exclamó miss Waynflete.

—No es nada —contestó Bridget, que se chupó el arañazo que le cruzaba la mano.

—¿Quieres que te ponga un poco de yodo?

—No, no, no vale la pena.

Miss Waynflete parecía un tanto desilusionada y Bridget, al pensar que había sido poco amable, se apresuró a decir:

—Quisiera saber cuánto tardará Luke.

—Vamos, no te preocupes, querida. Estoy segura de que Mr. Fitzwilliam es capaz de cuidar de sí mismo.

—¡Oh, Luke es muy fuerte!

En aquel momento, sonó el teléfono. Bridget corrió a descolgarlo. Era Luke.

—Oiga. ¿Eres tú, Bridget? Estoy en la posada. ¿Puedes esperar a que traiga tus cosas después de comer? Ha llegado Battle. ¿Sabes a quién me refiero?

—¿El inspector de Scotland Yard?

—Sí. Y desea hablar conmigo ahora mismo.

—Sí, de acuerdo. Tráemelas después de comer y cuéntame lo que opina sobre todo esto.

—Entonces, hasta luego, cariño.

—Hasta luego.

Bridget, tras colgar el receptor, repitió la conversación a miss Waynflete. Luego bostezó. De pronto le había invadido una sensación de cansancio.

Miss Waynflete se dio cuenta.

—¡Estás muy cansada, querida! Puedes tumbarte un rato. No, no me parece bien antes de comer. Iba a llevarle unas ropas viejas a una mujer que vive no muy lejos de aquí, es un bonito paseo por el campo. ¿No te gustaría venir conmigo? Tenemos tiempo antes de la hora de la comida.

Bridget aceptó de buena gana.

Salieron por la puerta de atrás. Miss Waynflete llevaba un sombrero de paja y, ante el regocijo de la muchacha, se había puesto guantes.

«Ni que fuéramos a Bond Street!», pensó.

Miss Waynflete habló durante el camino de varios asuntos intrascendentes. Atravesaron dos campos y una senda rocosa, y después prosiguieron el paseo por un bosquecillo. El día era caluroso y Bridget agradeció la sombra de los árboles.

Miss Waynflete le propuso sentarse a descansar unos instantes.

–Hace un día bochornoso. ¿No te parece? ¡Creo que tendremos tormenta!

Bridget asintió adormilada. Con los ojos medio cerrados recordó las estrofas de una poesía:

> ¿Por qué vas por el campo con guantes,
> gorda mujer blanca que no tuvo amantes?

¡No encajaba bien del todo! Miss Waynflete no era gorda, y arregló los versos.

> ¿Por qué vas por el campo con guantes,
> mujer enjuta que no tuvo amantes?

Miss Waynflete la sacó de sus meditaciones.

–Tienes mucho sueño, ¿verdad, querida?

Las palabras fueron pronunciadas en el tono amable de siempre, pero algo en ellas hizo que Bridget abriera del todo los ojos.

Miss Waynflete se inclinaba sobre ella. Le brillaban los ojos y se pasaba la lengua por los labios como un gato que se relame. Repitió la pregunta:

–Tienes mucho sueño, ¿no es cierto?

Aquella vez no le quedaron dudas sobre el significado de su tono. Un relámpago cruzó la mente de Bridget, un relámpago de comprensión, seguido de otro de desprecio por su estupidez.

Había sospechado la verdad, pero sólo había sido algo muy vago. Se había propuesto, trabajando con inteligencia y discreción, asegurarse, pero en ningún momento había supuesto que pudieran atentar contra ella. Estaba segura de haber disimulado muy bien sus sospechas. ¡Tonta, más que tonta!

De pronto cayó en la cuenta de otra cosa.

«El té... Había algo en el té. No sabe que no lo he tomado. ¡Ésta es mi oportunidad! ¡Fingir! ¿Qué sería? ¿Veneno o tan sólo un somnífero? Ella espera que yo me duerma, eso es evidente.»

Dejó caer sus párpados como antes y, con lo que consideraba una voz somnolienta, musitó:

–Sí, muchísimo. ¡Qué extraño! No sé por qué tengo tanto sueño.

Miss Waynflete asintió suavemente. Bridget la observaba entre sus párpados casi cerrados.

«¡De todas maneras soy una buena contrincante! –pensó–. Mis músculos son más fuertes y ella es una frágil viejecilla. Pero tengo que hacerla hablar. Eso es, hacerla hablar.»

Miss Waynflete sonreía con una sonrisa astuta e inhumana.

«¡Parece un chivo! ¡Ya lo creo! ¡El chivo siempre ha sido el símbolo del diablo! ¡Ahora sé por qué! –se dijo Bridget–. Tenía razón. ¡Mi fantástica idea era cierta! ¡No hay furia en el infierno que se compare a una mujer despechada! Aquél fue el comienzo.»

–No sé qué me pasa, me encuentro tan rara... –murmuró, y esta vez su voz denotaba miedo.

Miss Waynflete dirigió una mirada a su alrededor. El

lugar estaba completamente desierto y se hallaban demasiado lejos del pueblo para que se oyera un grito. No había casas en los alrededores. Empezó a rebuscar en el paquete que llevaba, el cual, según las apariencias, debía contener ropa vieja. Una vez libre del papel que lo envolvía, aparecieron unas prendas de lana. Las manos enguantadas siguieron rebuscando.

¿Por qué vas por el campo con guantes?

Sí. ¿Por qué? ¿Por qué llevaba guantes?

¡Claro! ¡Claro! ¡Todo había sido planeado hasta el menor detalle!

Las ropas cayeron a un lado. Con sumo cuidado, miss Waynflete sacó un cuchillo, que sujetó con precaución para no borrar las huellas digitales ya impresas en él aquella mañana por los dedos regordetes de lord Whitfield en la sala de Ashe Manor.

Era el puñal moro de afilada hoja.

Bridget se sintió flaquear. Tenía que ganar tiempo y hacer hablar a aquella mujer enjuta de cabellos grises, a quien nadie quería. No iba a serle muy difícil, porque lo estaba deseando, y con la única persona que podía hacerlo era con quien se hallaba en las circunstancias de Bridget, a punto de callar totalmente para siempre.

Bridget habló con voz débil y confusa:

—¿Para qué es ese... ese cuchillo?

Y entonces miss Waynflete se echó a reír con una risa horrible, suave y musical, pero inhumana.

—Es para ti, Bridget. ¡Para ti! Ya sabes que te odio desde hace mucho tiempo.

–¿Porque iba a casarme con Gordon Whitfield?

–Eres muy lista. ¡Muy lista! Eso será la prueba definitiva contra él. Te encontrarán aquí, degollada, con su cuchillo y sus huellas digitales. ¡Fui muy astuta al pedir que me lo enseñara esta mañana! Luego, mientras estabas arriba, lo escondí en mi bolso envuelto en un pañuelo. ¡Qué sencillo! Todo ha sido muy fácil. Apenas puedo creerlo.

–Eso es... porque... porque es... tan endiabladamente lista –dijo la muchacha con voz de persona dominada por los efectos de una droga.

Miss Waynflete volvió a reír con su risa horrible y luego dijo con orgullo:

–¡Sí, siempre he sido muy inteligente desde niña! Pero nunca me dejaron hacer nada. Tuve que quedarme en casa cruzada de brazos. Luego Gordon, el hijo de un zapatero, pero que tenía ambición y que estaba destinado a triunfar, me dejó plantada... ¡Plantada, a mí! Y todo por aquel ridículo asunto del pájaro.

Sus manos hicieron un gesto como si estuviesen retorciendo algo.

De nuevo, Bridget se sintió desfallecer.

–Gordon Ragg osó despreciarme... a mí, la hija del coronel Waynflete. ¡Juré que me las pagaría! Pensé en ello día y noche. Nos fuimos arruinando. Tuvimos que vender nuestra casa. ¡Él la compró! Y luego vino a ofrecerme a mí un empleo en la que fue mi propia casa. ¡Cómo le odié entonces, pero nunca demostré mis sentimientos! Así nos lo enseñaban de niñas. Es una educación de incalculable valor. Y es en estos casos cuando mejor se demuestra.

Guardó silencio unos instantes. Bridget la observaba, sin atreverse apenas a respirar para no interrumpir su relato.

–No dejaba de pensar y pensar... –prosiguió miss

Waynflete–. Al principio sólo quería matarlo y empecé a leer novelas de crímenes en la biblioteca, a escondidas, ¿sabes? Y la verdad es que mis lecturas me fueron muy útiles en más de una ocasión. Por ejemplo, para cerrar la puerta del cuarto de Amy desde fuera con la ayuda de unas pinzas después de haber cambiado las botellas junto a la cama. ¡Cómo roncaba, qué asco! –Hizo una pausa–. Veamos, ¿dónde estaba?

Aquel don de ser una perfecta oyente, que Bridget había cultivado y que encantaba a lord Whitfield, le sirvió de mucho en esta ocasión. Honoria Waynflete acaso era una maníaca homicida, pero era algo más: era un ser humano ansioso de hablar de sí mismo. Y Bridget sabía tratar perfectamente a aquella clase de seres.

Contestó con una voz que era una invitación para proseguir:

–Al principio pensó en matarlo.

–Sí, pero no me satisfizo, era demasiado vulgar, quería algo mejor. Y entonces se me ocurrió la idea. Pagaría por los crímenes que no había cometido. ¡Iba a convertirlo en un asesino! Lo colgarían por mis asesinatos. O lo creerían loco y lo encerrarían para el resto de su vida. Eso sería mucho mejor. –Y se echó a reír de nuevo, con ojos extraviados–. Como te digo, leí muchos libros de crímenes. Escogí detenidamente a mis víctimas para no levantar demasiadas sospechas al principio. ¿Sabes? –Su voz se enronqueció–. Me divertía matar. Aquella desagradable mujer, Lydia Horton, una vez se refirió a mí llamándome «vieja». Me alegré mucho cuando Gordon se peleó con ella. Pensé: «Mataré dos pájaros de un tiro». Fue divertidísimo echar arsénico en su té mientras estaba al lado de su cama y luego decirle a la enfermera que Mrs. Horton se había quejado del gusto tan amargo de las uvas de lord Whitfield. La estúpida no se lo repitió a nadie, lo cual fue una lástima.

»¡Y luego los otros! Tan pronto como sabía que Gordon se disgustaba con alguien, resultaba tan fácil simular un accidente... Y él es tan tonto, tan tonto. Le hice creer que era un ser especial, que todo el que estaba contra él moría, ¡y se lo creyó! Pobre Gordon, se lo cree todo. ¡Es tan simple!

Bridget se vio a sí misma diciéndole a Luke: «¡Gordon! ¡Creería cualquier cosa!».

¿Fácil? Facilísimo. El pobre Gordon tan crédulo y tan fatuo.

¡Pero ella debería saber manejarla! ¿Fácil? Facilísimo. Esto también lo era. Había trabajado varios años de secretaria. Había animado a sus patrones a que hablasen de sí mismos. Y aquella mujer deseaba hablar, regodearse en su propia astucia.

—Pero ¿cómo se las arregló? No sé cómo pudo.

—¡Oh, fue bastante sencillo! ¡Sólo se necesita organización! Cuando despidieron a Amy de Ashe Manor la contraté en seguida. La idea del tinte me pareció espléndida, y la puerta cerrada por dentro me libraba de sospechas. Aunque yo siempre quedaba al margen porque no tenía motivos, y no se sospecha de quien no tiene ningún motivo para cometer un crimen. También fue fácil librarme de Carter. Iba tambaleándose entre la niebla, le esperé en el puente y le di un empujón. ¿Sabes? Soy bastante fuerte.

Hizo una pausa y volvió a reír.

—¡Todo fue tan divertido! Nunca olvidaré la cara de Tommy cuando le empujé por la ventana. No tenía la más remota idea.

Se inclinó hacia Bridget confidencialmente.

–La gente es muy estúpida. No me había dado cuenta antes.

–¿No será que es usted muy inteligente? –dijo Bridget muy suave.

–Sí, sí, tal vez tengas razón.

–Debió serle más difícil librarse del doctor Humbleby –insinuó la muchacha.

–Sí, es sorprendente cómo lo conseguí. Podría no haber funcionado. Gordon había hablado tanto de su visita al Instituto Wellerman Kreitz, que pensé que la gente lo recordaría y después ataría cabos. La oreja de *Wonky Pooh* supuraba, me las arreglé para pinchar con mis tijeras la mano del doctor y luego insistí para que me dejara vendarle. Él no sabía que la venda estaba infectada primero en la oreja de *Wonky Pooh*. Me encantó hacerlo, sobre todo porque el gato había sido de Lavinia Pinkerton.

»¡Lavinia Pinkerton! –su rostro se ensombreció–. Ella lo adivinó. Fue ella quien encontró a Tommy y, cuando Gordon y el doctor discutieron, me sorprendió mirando a Humbleby. Yo estaba desprevenida, pensando en cómo eliminarlo, y lo adivinó. Vi que me observaba y que lo sabía. No podría probar nada, pero temí que alguien la creyese o que la escuchasen en Scotland Yard. Estaba segura de que iría y tomé el mismo tren para seguirla.

»Todo fue muy fácil. Cruzaba Whitehall y yo iba muy cerca de ella. No me vio. Pasó un coche grande y la empujé con todas mis fuerzas. ¡Soy muy fuerte! Cayó bajo las ruedas. Le dije a la mujer que estaba a mi lado que había visto la matrícula y le di el número del Rolls de Gordon con la esperanza de que lo repitiera a la policía.

»Tuve suerte. El coche no paró. Debía de ser algún chófer que llevaba el automóvil sin permiso de su amo. Sí, tuve suerte. Siempre la tengo. Como el otro día en la escena de Rivers, con Mr. Fitzwilliam por testigo. Era difícil hacerle sospechar de Gordon, pero cuando viese muerto a Rivers tendría que hacerlo.

»Y ahora, esto será el toque final.

Se levantó para acercarse a Bridget.

–¡Gordon me dejó plantada! Iba a casarse contigo. Toda mi vida he sido despreciada. No he tenido nada... nada...

Mujercita enjuta que no tuvo amantes.

Se inclinaba sobre ella, sonriendo, con ojos de loca. El cuchillo brillaba.

Bridget dio un salto con todo el impulso de su juventud y, como una tigresa, se abalanzó sobre la otra mujer, retorciéndole la muñeca.

Cogida por sorpresa, Honoria Waynflete cayó antes de poder reaccionar, pero tras unos momentos de inercia, comenzó a luchar. Sus fuerzas no podían compararse. Bridget era joven y sana y sus músculos se habían desarrollado con los deportes. Y Honoria Waynflete era delgada y frágil.

Pero existía un factor con el que Bridget no contaba: Honoria Waynflete estaba loca. Su fuerza se la proporcionaba la locura. Luchaba como un demonio, y su resistencia era mayor que la de Bridget. Forcejearon una y otra vez. Aún no había apartado de sí el cuchillo, cuando Honoria volvía a acercarlo. Y poco a poco, la fuerza de la loca se imponía.

Bridget se puso a gritar:

–Socorro... Luke... Socorro...

Pero no esperaba que llegaran en su ayuda. Estaba a solas con Honoria Waynflete, sola en un campo desierto.

Con un esfuerzo supremo, logró doblar la muñeca de su contrincante y, por fin, hacerle soltar el cuchillo.

Al instante siguiente tuvo las manos de la loca crispadas sobre su garganta, amenazando con quitarle la vida. Soltó un último grito ahogado...

22

HABLA MRS. HUMBLEBY

Luke se sintió favorablemente impresionado por el inspector Battle. Era un hombre robusto y agradable, de rostro rojizo y grandes y elegantes bigotes. A primera vista no parecía muy sagaz, pero una segunda mirada bastaba para convencer a cualquiera de que los ojos del inspector Battle eran muy astutos.

Luke no cometió la equivocación de menospreciarlo. Ya había conocido a otros hombres como Battle. Se podía confiar en ellos y siempre conseguían resultados. No podría haber soñado un hombre mejor para que se encargara del caso.

—Debe ser usted muy bueno cuando le envían para un caso como éste –le dijo cuando estuvieron a solas.

—Acaso sea éste un caso muy serio, Mr. Fitzwilliam. –El inspector Battle sonrió–. Cuando se halla mezclado un hombre como lord Whitfield, procuramos no equivocarnos.

—Ya me doy cuenta. ¿Ha venido solo?

—¡Oh, no! Me he traído a un sargentodetective. Se hospeda en la otra posada, Las Siete Estrellas, y su trabajo consiste en vigilar a Su Señoría.

—Comprendo.

–¿No hay ninguna duda, Mr. Fitzwilliam? ¿Está bien seguro de que es su hombre?

–Ante los hechos, no veo otra alternativa posible. ¿Quiere que le dé datos?

–Gracias. Me los ha dado sir William.

–Bien. ¿Qué le parece? Supongo que le resultará increíble que un hombre como lord Whitfield sea un criminal.

–Pocas cosas me sorprenden –respondió el inspector–. Nada es imposible tratándose de crímenes. Es lo que siempre digo. Si usted me dijera que una vieja dama o un arzobispo o una colegiala son asesinos peligrosos, no le diría que no, sino que investigaría.

–Si ya conoce usted los hechos del caso por sir William, le relataré lo que ha sucedido esta mañana –dijo Luke.

Le contó a grandes rasgos la escena con lord Whitfield. El inspector Battle le escuchó con gran interés.

–¿Dice usted que acariciaba un cuchillo? ¿Hizo algo especial con él, Mr. Fitzwilliam? ¿Amenazó a alguien?

–Abiertamente, no. Pasó su índice por el filo de una manera desagradable, con un placer insano. Creo que miss Waynflete pensó lo mismo.

–Esa es la señorita de que me habló, que conoce a lord Whitfield de toda la vida y con el que estaba prometida.

–Eso es.

–Creo que no debe atormentarse más por la joven señorita, Mr. Fitzwilliam. Haré que la vigilen y con eso y Jackson siguiendo los pasos de Su Señoría, no hay peligro de que ocurra nada.

–Me quita usted un peso de encima.

El inspector asintió comprensivo.

–Es una posición muy ingrata la suya, preocupado por miss Conway. No creo que éste sea un caso fácil. Lord

Whitfield debe de ser un hombre muy astuto y es probable que no haga nada durante algún tiempo, a menos que haya llegado ya al último grado de locura.

–¿A qué llama el último grado?

–A un egocentrismo que invade al criminal cuando cree que nadie es capaz de descubrirle. ¡Se cree demasiado inteligente y que todos los demás son estúpidos! Entonces es cuando lo cazaremos.

–Bueno –asintió Luke al tiempo que se levantaba–, le deseo suerte. Déjeme que le ayude en lo que pueda.

–Desde luego.

–¿No me sugiere nada?

Battle meditó unos instantes.

–Por el momento, no. Primero quiero hacerme una composición de lugar. ¿Tal vez podamos charlar otro ratito esta noche?

–Encantado.

–Entonces, sabré mejor a qué atenerme.

Luke se sentía confortado y algo más tranquilo. Mucha gente tenía esa misma expresión después de una entrevista con Battle.

Miró su reloj. ¿Y si fuese a ver a Bridget antes de comer?

No. Miss Waynflete se sentiría obligada a invitarle y eso trastornaría el orden doméstico. Las señoras mayores, lo sabía por experiencia con sus tías, se angustiaban mucho con los problemas domésticos. Se preguntó si miss Waynflete tendría sobrinos. Tal vez sí.

Acababa de atravesar la puerta de la posada cuando una figura de negro que bajaba de prisa la calle se detuvo bruscamente al verle.

–Mr. Fitzwilliam.

–Mrs. Humbleby.

Se adelantó para estrecharle la mano.

–Pensé que se había marchado –dijo ella.

–No, sólo he cambiado de domicilio. Ahora me hospedo aquí.

–¿Y Bridget? Me han dicho que ha dejado Ashe Manor.

–Sí, es cierto.

–¡Cuánto me alegro! –dijo Mrs. Humbleby–. ¡Cuánto me alegro de que haya abandonado Wychwood!

–Oh, todavía está aquí. A decir verdad, está en casa de miss Waynflete.

Mrs. Humbleby retrocedió un paso. Su rostro mostró una expresión de angustia que sorprendió a Luke.

–¿En casa de Honoria Waynflete? Oh, pero... pero... ¿por qué?

–Miss Waynflete la invitó a pasar unos días con ella.

Mrs. Humbleby, con un estremecimiento, se acercó a Luke y le cogió del brazo.

–Mr. Fitzwilliam. Sé que no tengo ningún derecho a decir nada, nada en absoluto. He sufrido mucho últimamente y tal vez esto me hace ver lo que no existe. Estos presentimientos pueden ser sólo imaginaciones.

–¿Qué presentimientos?

–Este presentimiento que tengo del mal.

Miró tímidamente a Luke. Al ver que se limitaba a inclinar la cabeza sin rebatir sus palabras, continuó:

–Hay tanta maldad. Es un pensamiento que no me abandona. Hay tanta maldad aquí, en Wychwood. Y esa mujer está detrás de todo. ¡Estoy segura!

–¿Qué mujer? –Luke estaba hecho un lío tremendo.

–Honoria Waynflete es una mujer malvada. ¡Estoy segura! Oh, ya veo que no me cree. Tampoco nadie quiso creer a Lavinia Pinkerton. Pero las dos lo presentimos. Ella, según creo, sabía más que yo. Recuerde usted, Mr. Fitz-william, que si una mujer no es feliz, es capaz de hacer cosas terribles.

—Sí, es posible —contestó él amablemente.

—¿No me cree? —se apresuró a decir Mrs. Humbleby—. Bien, ¿por qué iba a creerme? Pero no puedo olvidar el día en que John llegó a casa con la mano vendada por ella, a pesar de que John insistió mucho en que era sólo un rasguño. —Se volvió—. Adiós. Por favor, olvide lo que le he dicho. No, no, me encuentro muy bien estos días.

Luke la miró marcharse. Se preguntaba por qué habría calificado de malvada a Honoria Waynflete. ¿Es que habría sido amiga de su esposo y estaría celosa?

¿Qué más había dicho? «Nadie quiso creer tampoco a Lavinia Pinkerton.» Luego ésta debió de comunicarle sus sospechas.

Rápidamente volvió él a la escena del tren y el rostro atormentado de la anciana señora que decía: «*La mirada de ciertas personas*». Y apareció con claridad en su memoria el modo que su cara se había transfigurado al hablar. Por unos instantes los dientes quedaron al descubierto y, en sus ojos, apareció una curiosa expresión, casi maligna.

De pronto se dijo: «Yo he visto esa expresión hace poco. ¿Cuándo? ¡Esta mañana! ¡Claro! Ha sido miss Waynflete cuando miraba a Bridget en la sala de Ashe Manor».

¿Lavinia Pinkerton había hablado de la expresión de un hombre? No, de una persona. Era posible que por un segundo hubiese reproducido la mirada que vio, la mirada de un asesino que contemplaba a su propia víctima.

Sin saber lo que hacía, encaminó sus pasos hacia la casa de miss Waynflete. Una voz en su interior le repetía una y otra vez:

«No habló de un hombre. Tú pensaste que se trataba de un hombre, pero ella no lo dijo. Oh, Dios mío, ¿estaré loco? No es posible lo que pienso, seguro que es imposible. Es absurdo. Pero debo ver a Bridget. Debo comprobar que está a salvo. Esos ojos, esos extraños ojos de color ámbar. ¡Oh, estoy loco! ¡Debo de estar loco! ¡Whitfield es el criminal! ¡Debe serlo! ¡Casi lo ha confesado!».

Sin embargo, como en una pesadilla, volvió a ver el rostro de miss Pinkerton en una fugaz representación de algo horrible y demencial.

Le abrió la puerta la doncella y, algo sorprendida por su vehemencia, le dijo:

—La señorita ha salido, me lo dijo miss Waynflete. Iré a ver si ella está.

Él la apartó y entró en la sala de estar. La muchacha subió la escalera y volvió sin aliento.

—La señora también ha salido.

Luke la sujetó por los hombros.

—¿Por dónde han ido? ¿Adónde iban?

—Deben de haberse ido por la parte de atrás. Si hubiesen salido por delante, las habría visto porque la cocina da a la puerta principal.

La siguió hasta verle salir al pequeño jardín trasero. Había un hombre recortando un seto.

Luke le preguntó por ellas, procurando que su voz fuese normal.

—¿Dos señoras? Sí, hace un rato. Yo estaba comiendo sentado junto al seto y no me vieron —contestó el hombre sin prisa.

—¿Qué camino tomaron?

Hizo todo lo posible por no alterar su voz y, a pesar de ello, el hombre abrió más los ojos.

–Cruzaron esos campos. Por ahí. Luego ya no sé más.

Luke le dio las gracias y echó a correr. Su sentimiento de urgencia se incrementaba. ¡Tenía que alcanzarlas! Podría estar loco. Probablemente estarían dando un amigable paseo, pero alguna cosa le obligaba a ir deprisa. ¡Más deprisa!

Cruzó los dos campos y se detuvo sin saber qué camino tomar. Y ahora ¿hacia dónde ir?

Y entonces oyó la llamada: débil, lejana, pero inconfundible:

–Socorro... Luke... –y otra vez–: Luke...

Echó a correr en dirección a donde provenía el grito. Se oyeron otros ruidos, golpes, lucha y un gemido ahogado.

Salió de entre los árboles a tiempo de arrancar las manos de la loca de la garganta de la víctima, y después la sujetó mientras la mujer lanzaba puntapiés y maldecía con la boca llena de espuma, hasta que, por fin, con una última convulsión, se quedó rígida.

23

UN NUEVO COMIENZO

–Pues no lo entiendo –dijo lord Whitfield–. No lo entiendo.

Luchaba por mantener su dignidad, pero bajo su arrogante exterior, se manifestaba un desconcierto digno de lástima. Apenas podía dar crédito a los extraordinarios sucesos que le habían contado.

–Pues así es, lord Whitfield –dijo Battle pacientemente–. Para comenzar, hay en la familia casos de demencia. Ahora se ha descubierto. Es algo frecuente en estas viejas familias. Yo diría que ella tenía esa predisposición. Además, era muy ambiciosa y se sentía despechada. Primero en su carrera y luego en su noviazgo –carraspeó–. Tengo entendido que fue usted quien la dejó plantada.

–No me gusta ese término –dijo lord Whitfield con frialdad.

El inspector Battle arregló la frase.

–¿Fue usted quien dio por terminadas las relaciones?

–Pues sí.

–Cuéntanos por qué, Gordon –dijo Bridget.

–Oh, bueno, lo haré, si no hay más remedio –dijo ruborizado–. Honoria tenía un canario al que quería mucho. Le comía azúcar de los labios. Un día le dio un picotazo. Ella se enfureció, lo cogió y le retorció el pescuezo.

Después de eso, yo ya no sentí lo mismo por ella y le dije que habíamos cometido una equivocación.

—Ése fue el principio —asintió Battle—. Como le dijo a miss Conway, ella dedicó todos sus pensamientos y su indudable capacidad mental a un único fin.

—¿Para que me creyeran un asesino? —Lord Whitfield no acababa de convencerse—. No puedo creerlo.

—Es cierto, Gordon —le dijo Bridget—. Ya sabes que te sorprendías al ver que todo el que te molestaba desaparecía inmediatamente de un modo extraordinario.

—Existía una razón para eso.

—La razón era Honoria Waynflete —señaló la muchacha—. Convéncete de que no fue la Providencia quien empujó a Tommy desde la ventana, ni a todos los demás, sino Honoria.

—¡Me parece tan inverosímil! —dijo Gordon meneando la cabeza.

—¿Dice usted que ha recibido un mensaje por teléfono esta mañana? —preguntó Battle.

—Sí, fue a eso de las doce. Me pidieron que acudiese al bosque de Shaw inmediatamente, porque tú, Bridget, tenías algo que decirme. Debía ir a pie y no en mi automóvil.

—Exacto —afirmó Battle—. Ése hubiese sido el fin. Habrían encontrado a miss Conway degollada y, a su lado, su cuchillo con sus huellas digitales. ¡Y a usted lo habrían visto por los alrededores! No tendría escapatoria. Cualquier jurado del mundo le condenaría.

—¿A mí? —exclamó lord Whitfield, sorprendido y disgustado—. ¿Es que alguien creería una cosa así de mí?

—Yo no, Gordon. Nunca lo creí —dijo Bridget con afecto.

—¡Por mi carácter y mi posición en el condado, no creo

que nadie hubiese dado crédito, ni por un momento, a esas monstruosas acusaciones!

Dicho esto salió de la habitación con gran dignidad y cerró la puerta tras él.

–¡Nunca querrá creer que ha corrido un serio peligro! –exclamó Luke, y luego añadió–: Vamos, Bridget, cuéntame cómo sospechaste de miss Waynflete.

–Fue cuando me dijiste que Gordon era el asesino –explicó ella–. ¡No podía creerlo! ¿Sabes? Lo conozco tan bien. ¡Había sido su secretaria durante dos años! Sé que es fatuo y orgulloso, y que sólo piensa en sí mismo, pero también sé que es una persona amable y demasiado sensible. Es incapaz de matar a una mosca. Esa historia de la muerte del canario de miss Waynflete tenía que ser falsa. No habría podido hacerlo. Una vez me dijo que él fue quien la dejó, y tú me decías que era al revés. Bueno, eso podía ser cierto. Su orgullo no le permitiría admitir que fue desdeñado. ¡Pero eso del pájaro! ¿Cómo pudo hacerlo? ¡Si no puede disparar porque ver las piezas muertas le pone enfermo!

»Así que comprendí que parte de la historia no era cierta. Pero en ese caso, miss Waynflete mentía. En realidad, si se piensa bien, era una mentira extraordinaria. De pronto pensé si sería la única mentira. Es una mujer muy orgullosa, cualquiera puede verlo. Haber sido despreciada debió herirla en lo más hondo y sintió rabia y deseos de vengarse de lord Whitfield, sobre todo cuando él había prosperado y se había enriquecido. Y pensé: "Sí, probablemente intenta hacer recaer el crimen sobre él". Y entonces empezaron a girar en mi mente varias ocurrencias y me dije: "Supongamos que todo lo que ha dicho sea falso". ¡Qué fácil es para una mujer así engañar a un hombre! Es fantástico, pero supongamos que fuese ella quien asesinó a todas esas personas y le metiera a Gordon en la cabeza que era la divina Providencia quien le libraba de sus enemigos. Como te dije una vez, Gordon es capaz de creer cualquier cosa. Y pensé: "¿Pudo cometer todas esas muertes?". ¡Y vi que sí! Pudo empujar a un borracho y a un niño desde una ventana. Amy Gibbs había muerto en su casa, y acostumbraba visitar a Mrs. Horton cuando ésta estaba enferma. El doctor Humbleby me pareció menos fácil. No sabía que, cuando *Wonky Pooh* tuvo la oreja mala, ella infectó la venda que puso en su mano. Y no pude imaginarla disfrazada de chófer para matar a miss Pinkerton, por eso lo consideré más difícil.

»Pero de repente vi que pudo empujarla por detrás, cosa fácil entre la multitud. El coche no paró y tuvo oportunidad de decirle a otra mujer que había visto el número del automóvil, y darle la matrícula del Rolls de lord Whitfield.

»Claro que todo esto giraba en mi cabeza sin orden ni concierto. Pero si Gordon no había cometido esos crímenes, y yo lo sabía, ¿quién había sido? La respuesta era: "Alguien que odia a Gordon". ¿Quién le odiaba? Honoria Waynflete, naturalmente.

»Luego recordé que miss Pinkerton se había referido a un hombre. Eso derrumbaba todas mis teorías porque, a no ser que estuviera en lo cierto, no la habrían matado. Me repetí las palabras de miss Pinkerton y vi que no utilizó directamente la palabra hombre. ¡Me di cuenta de que estaba sobre la verdadera pista! Decidí aceptar la invitación de miss Waynflete, resuelta a sacarle la verdad de todo lo ocurrido.

–¿Sin decirme ni una palabra? –protestó Luke enfadado.

–Pero, cariño, tú estabas tan seguro y yo no lo estaba en absoluto. Todo era vago e impreciso, pero nunca imaginé que pudiera correr algún peligro. Creí que tenía mucho tiempo. Oh, Luke, fue horrible. –Se estremeció–. Sus ojos y aquella risa terrible, cortés e inhumana.

–No olvidaré nunca que llegué justamente a tiempo –dijo Luke. Se volvió hacia Battle–. ¿Cómo está ahora?

–Loca de atar –contestó el inspector–. Es lo natural, ya sabe, no pueden soportar la idea de que no son tan listos como se creían.

–Bueno, no soy un buen policía. No sospeché ni por un instante de Honoria Waynflete. Usted lo ha hecho mejor, Battle –dijo Luke apenado.

–Puede que sí, puede que no. Recuerde lo que le dije, que todo es posible en criminología. Creo que nombré a una vieja dama.

–Y a un arzobispo y a una colegiala. ¿Tengo que creer que los considera también criminales en potencia?

Battle sonrió de oreja a oreja.

–Lo que quise decir es que cualquiera puede ser un asesino.

–Excepto Gordon –dijo Bridget–. Luke, vamos a buscarle.

Le encontraron escribiendo muy atareado en su despacho.

–Gordon –dijo la muchacha con voz tierna–, por favor, ahora que ya lo sabes todo, ¿podrás perdonarnos?

Su Señoría alzó la mirada cortésmente.

–Claro, querida, claro. Lo comprendo. Soy un hombre muy ocupado y no te atendía. La verdad de este asunto se resume en esta frase de Kipling: «*Viaja más rápido quien viaja solo*». Mi camino en la vida es un camino solitario.

–Cuadró los hombros–. Tengo una gran responsabilidad y debo sobrellevarla solo. Para mí no hay camaradería, ni ayuda. Debo seguir solo hasta que caiga a la vera del camino.

–¡Querido Gordon! ¡Eres un encanto! –exclamó Bridget.

–No es cuestión de ser un encanto –dijo Gordon frunciendo el ceño–. Olvidemos todas estas tonterías. Soy un hombre muy ocupado.

–Lo sé.

–Preparo una serie de artículos que quiero publicar en seguida, *Crímenes cometidos por mujeres a través de los tiempos.*

–Gordon, creo que has tenido una magnífica idea –dijo Bridget mirándole con admiración.

El noble hinchó el pecho.

–Ahora dejadme, por favor. No quiero que me distraigan. Tengo mucho trabajo –dijo lord Whitfield.

Luke y la muchacha salieron de la habitación de puntillas.

–La verdad es que es encantador –dijo Bridget.

–Bridget, creo que querías a ese hombre.

–Ya sabes, Luke, que una vez lo creí.

–Me alegra marcharme de aquí –comentó Luke–. No me gusta este sitio. Como dijo Mrs. Humbleby, aquí hay mucha maldad. No me gusta la sombra que proyecta Ashe Ridge sobre el pueblo.

–Hablando de Ashe Ridge, ¿qué hay de Ellsworthy?

Luke se echó a reír avergonzado.

–¿Lo dices porque vi sangre en sus manos?

–Sí.

–¡Por lo visto habían sacrificado un gallo blanco!

–¡Qué desagradable!

–Creo que Battle se propone darle una sorpresa.

–Y el pobre comandante Horton no pensó nunca en matar a su esposa, Mr. Abbot recibiría una carta comprometedora de alguna dama y el doctor Thomas es tan sólo un simpático y joven médico –resumió Bridget.

–¡Es un solemne tonto!

–Dices eso porque tienes celos de que se case con Rose Humbleby.

–Es demasiado buena para él.

–¡Siempre he creído que te gustaba más que yo!

–Querida, ¿eso no te parece un poco absurdo?

–No, la verdad.

Quedó silenciosa unos momentos y luego preguntó:

–Luke, ¿te gusto ahora?

Hizo un movimiento para acercarse a ella, pero le rechazó.

–He dicho si te gusto, Luke, no si me quieres.

–¡Oh! Ya veo. Sí, me gustas, Bridget, tanto como te quiero.

–Tú también me gustas, Luke.

Sonrieron tímidamente como dos niños que acaban de hacerse amigos en una fiesta.

–Gustarse es más importante que amarse. Es lo que dura. Y yo quiero que lo que hay entre nosotros dure, Luke. No sólo que nos amemos y casemos y, al cabo de poco tiempo, nos cansemos el uno del otro y pretendamos unirnos a otra persona.

–¡Oh, amor mío, lo sé! Tú quieres realidad. Y yo también. Lo nuestro durará para siempre porque está fundado en la realidad.

–¿Es eso cierto, Luke?

–Es cierto, cariño. Creo que por eso temía enamorarme de ti.

–Yo también temía quererte.

–¿Tienes miedo ahora?

–No.

–Hemos estado mucho tiempo cerca de la muerte. Ahora todo ha terminado y empezaremos a vivir...